快乐的金色年代

（插图版）

[美] 罗兰·英格斯·怀德 ◎著

刘丽莉 ◎译

吉林美术出版社 | 全国百佳图书出版单位

图书在版编目（CIP）数据

快乐的金色年代 : 插图版 / (美) 罗兰·英格斯·
怀德著 ; 刘丽莉译. -- 长春 : 吉林美术出版社,
2023.5
（小木屋的故事系列）
ISBN 978-7-5575-5655-6

Ⅰ.①快… Ⅱ.①罗… ②刘… Ⅲ.①儿童小说 – 长
篇小说 – 美国 – 现代 Ⅳ.①I712.84

中国版本图书馆CIP数据核字（2020）第130861号

小木屋的故事系列　快乐的金色年代
XIAO MUWU DE GUSHI XILIE　KUAILE DE JINSE NIANDAI

出 版 人　华　鹏
作　　者　[美]罗兰·英格斯·怀德 著
译　　者　刘丽莉
责任编辑　栾　云
装祯设计　张合涛
开　　本　680mm×960mm　1/16
印　　张　14
字　　数　170千字
版　　次　2023年5月第1版
印　　次　2023年5月第1次印刷
出版发行　吉林美术出版社
地　　址　长春市净月开发区福祉大路5788号
邮　　编　130118
印　　刷　天津海德伟业印务有限公司
书　　号　ISBN 978-7-5575-5655-6
定　　价　48.00元

目录
contents

第一章

罗兰离家

星期日下午，天气晴朗，积雪覆盖的大草原在阳光下闪着光芒。从南方吹来了和煦的微风，但是天气依然寒冷。雪橇在坚硬的雪地上滑行，发出了沉重的声音，马蹄声也是那么清晰。爸驾着车，一言不发。

罗兰和爸并排坐在大雪橇的横木板上，也是沉默无语。其实，罗兰就要到另外一个地方的学校去当老师了。而现在，爸正驾着雪橇送罗兰去她所要执教的学校。

昨天，她还是个在校的女学生，可是，今天她即将成为一名教师，这一切都来得太突然了。罗兰原本还期待着明天和卡琳一起去学校，和艾拉坐在一起。然而，明天她却要去另外一所学校教书了。

她其实并不知道该怎么教书，她以前从来未教过，而且她还不到十六岁，甚至和十五岁的人比起来还显得更小。罗兰为这个也抱有一些顾虑。

他们奔走在一片白茫茫的大草原上，到处都是空荡荡的，连高远的天空也只有湛蓝的颜色，没有一丝云彩。罗兰没有回头看，但是她知道，小镇离她越来越远了，变成了一个小黑点儿。现在，妈、卡琳和格蕾丝正待在温暖的房间里，而自己却远离了她们。

布鲁斯特先生居住的地区距小镇大约是十二英里 ①，此刻，还在前面数英里外。罗兰不知道那儿到底是什么样子，更不认识那里的什么人。而布鲁斯特先生她也只见过一面，还是在那次他来邀请罗兰去教书的时候。她只记得他很瘦，很黑，和别的拓荒者没什么两样。当然他也没向罗兰详细地介绍自己。

爸戴着厚手套，手里握着缰绳，眼睛一直望着前方，时不时催促着马快跑，但他很清楚罗兰心里的感受。爸转过来看了罗兰一眼，似乎看出了罗兰对于未来的恐惧。

"罗兰，你现在已经是一名教师了。我们一直都认为你能当上教师的，对吧？只不过我们没有想到会这么快。"

"你觉得我行吗，爸？"罗兰说，"假如……只是说假如……那些孩子看到我还这么年轻，他们会不会不把我放在眼里呢？"

"你当然行啊，"爸说，"到现在为止，我们罗兰努力想做到的事情还从来没有失败过呢。"

"嗯，是的，"罗兰说，"可是我……我从来没有过教书啊。"

"遇到任何问题你都会想方设法解决的，"爸说，"你从来不逃避，做事情全力以赴。只要一个人能坚持不懈，最终一定会成功的。"

他们再次陷入了沉默，又只能听见雪橇滑过雪地发出的吱嘎声，以及马蹄声了。罗兰感觉好受了些。爸说得对，她一直很努力，也不得不努力。而现在，她也不得不面对当教师这件事。

"还记得在梅溪边的时候吗？"爸说，"那次我和你妈去镇上，结果遇到了暴风雪，而你居然把整整一堆木柴全都搬进屋里去了。"

罗兰忍不住笑了起来，爸的笑声就像洪钟一般响亮，打破了雪地

---

① 1 英里 =1.609344 公里。

的宁静。是啊，那个时候，她还那么小，多么勇敢啊！不过，那似乎是很久以前的事情了。

"遇到问题就该用这种方式去解决！"爸说，"对自己有信心，你就可以解决所有的难题。也只有这样，别人才会信任你。"爸停顿了一下，又说道，"只有一件事情你必须注意……"

"什么事呢，爸？"罗兰问。

"你的性子太急躁了，你总是先做事，然后才去思考。现在你必须三思而后行。如果你能记住这一点，你就不会有什么麻烦了。"

"我记下了，爸。"罗兰说。

天气实在太冷了，冷得让人不想开口说话。他们裹在厚厚的毛毯和被子里，默默地往南驶去。凛冽的寒风迎面而来，前面的路上隐约出现了雪橇划过的滑痕，除了一望无垠的银色大地和无边无际的灰白色的天空，周围什么都没有。在马投下影子的地方，白雪失去了光亮。

风打在罗兰的黑色面纱上，她呼出的热气在面纱上凝结成了霜，面纱上的寒冷和潮湿也打在罗兰的嘴巴和鼻子上。

终于，罗兰看见前面出现了一栋房子。刚开始时房子显得很小，随着他们越走越近，房子也越来越大了。在半英里的地方又出现了另外一栋房子，隔一段距离之后还有一栋，之后不久又出现了一栋。一共四栋房子，这就是所有的房子。在这片苍茫的天地之间，它们显得那么的渺小。

爸的马车停在了布鲁斯特先生家的门前。布鲁斯特先生的房子看起来像是两个铁皮屋搭在一起的，上面有一个尖屋顶。屋顶上的沥青防水纸裸露在外面，融化下来的雪水在屋檐上凝结成了冰柱，有的比罗兰的手臂还要粗，看起来就像是巨大的獠牙，有一些直插到地上的雪中，还有一些已经折断了。这些断裂的冰柱都冻结在门外肮脏的雪地上，那儿是他们倒洗碗水的地方。窗户上没有窗帘，烟囱是用铁丝绑在屋顶上的，此刻正冒着烟。

这时，布鲁斯特先生打开了门。屋里有个小孩儿正在哭闹，布鲁斯特先生大声地说："快进来，英格斯先生，快进来暖和一下！"

"谢谢你，"爸说，"不过，我还要赶十二英里的路才能回到家，所以我得赶快往回走了。"

罗兰迅速地从雪橇里钻出来，不让冷风进到毯子里。爸把妈用过的书包递给罗兰，包里装着她的换洗衣服和教学的课本。

"再见，爸。"她说。

"再见，罗兰。"爸的笑容和眼神里都充满了对罗兰的鼓励。不过，十二英里的路程实在太远了，爸无法经常来看望她，所以罗兰只能等两个月后才能看到爸了。

罗兰飞快地走进屋子里。刚从明亮的阳光下走进屋子里，有好一阵子，她看不清东西。布鲁斯特先生说："这是我太太。莉波，这位就是新来的老师罗兰。"

一个闷闷不乐的女人站在炉子旁，正在煎锅里搅拌着什么东西。一个小男孩拽着她的裙子号啕大哭，他的脸脏兮兮的，还流着鼻涕，罗兰想他现在应该需要一块手帕。

"下午好，布鲁斯特太太。"罗兰尽可能用愉快的口气说。

"你到那个房间去把外套脱下来，"布鲁斯特太太说，"把它们挂在沙发那边的布帘后边。"她转过身看了罗兰一眼，然后又回头继续搅着锅里的东西。

罗兰心想自己并没有做过冒犯她的事情呀。她只好走进了另外的那个房间。

屋顶下面有一面墙，把房子隔成了大小相同的两个房间。头顶上没有天花板，可以看到房顶上铺着的沥青纸。房子的内部还没完全修好，柱子上光秃秃的。这房子有些像爸在耕作的田地那边修的小屋子，但比那个还小些。

这个房间很冷，只有一扇窗户，而窗户外面便是白雪皑皑的大草原。窗子下边靠墙放着一张沙发，这个买来的沙发有一个木头的靠背，还有一个单侧的扶手。沙发也可以当一个床铺来用，窗顶的墙面上横拉着一条绳子，绳子两端各挂着一条棕色的印花布帘子，把布帘拉起来就能遮掩住沙发。在墙那边放着一张床，床边的位置只够放一个衣箱和一个写字台。

罗兰把她的外套、围巾、面纱都挂在印花布帘后面的衣钩上，把妈给她带的书包放在了地板上。她站在冰凉的房间里直打战，但她不想回到布鲁斯特太太那间房子去。不过她必须过去了。

此刻，布鲁斯特先生把小男孩抱在膝盖上，坐在炉子旁边。布鲁斯特太太正在往盘子里盛食物。餐桌已经摆好了，桌布歪歪斜斜地铺在桌子上，白色的桌布上有一道道污渍，上面凌乱地摆放着盘子和刀叉。

"让我来帮你好吗，布鲁斯特太太？"罗兰鼓足勇气说。布鲁斯特太太没有答理她，而是怒气冲冲地把土豆倒进盘子里，然后重重地放在桌子上。墙上的时钟呼呼地转动起来，已经准备报时了。罗兰看了下表，时间是差五分钟到四点。

"这些天因为早餐吃得晚，所以一天只吃两餐。"布鲁斯特先生有点儿不好意思地解释。

"我倒想问问你，这到底是谁的错？"布鲁斯特太太突然发起火来，"我一天到晚都像个奴隶似的，辛辛苦苦地干活儿，你还嫌我做得不够！"

布鲁斯特先生提高了音量："我只是说白天时间变短了……"

"那你就直说啊！"布鲁斯特太太使劲把高脚椅子往桌边一扔，

然后一把抓起那个男孩按在椅子上。

"晚餐已经准备好了。"布鲁斯特先生对罗兰说。罗兰在空位子上坐了下来。布鲁斯特先生把土豆、咸猪肉递给她。食物味道很好，但是由于布鲁斯特太太的冷漠，屋里的气氛十分压抑，罗兰难受得几乎吃不下任何东西。

"学校离这里远不远？"罗兰试着打开话题。

布鲁斯特先生说："不远，只有半英里的路程，穿过草原就到了。学校就是一间小屋子。那本来也是一个拓荒者的家，后来他放弃了回东部去了，那里也就成了学校。"

说完，布鲁斯特先生又沉默了。那个小男孩又吵又闹，桌子上的每一样东西他都伸手去抓。突然，他把自己满是饭菜的盘子扔到了地上。布鲁斯特太太伸手打他的小手，他哭了起来，并且嚎叫着不断地踢餐桌的腿。

这顿饭总算是吃完了。布鲁斯特先生把挂在墙壁钉子上的牛奶桶取下来，到牲口棚去了。布鲁斯特太太把小男孩放在地上坐着，罗兰帮着收拾餐桌，这时，小男孩慢慢地停止了哭闹。罗兰从书包里取出一条围裙，系在她的棕色公主裙外面，又拿起一条毛巾，把布鲁斯特太太洗过的盘子擦干。

"你儿子叫什么名字，布鲁斯特太太？"她问。她希望布鲁斯特太太现在的心情能稍微好一点儿。

"约翰。"布鲁斯特太太说。

"这个名字很好听呀，"罗兰说，"他小的时候大家可以叫他强尼，等他长大了就叫约翰，对于男孩来说，约翰真是个好名字。您现在还叫他强尼吗？"

布鲁斯特太太没有吭声。这样的沉默真是让人难以忍受，罗兰觉得自己的脸已经涨得通红，像在火上烧一样。她只能继续擦着盘子。

等碗盘全部洗完了，布鲁斯特太太倒掉洗碗水，把锅挂到钉子上。然后，她坐在摇椅上，懒洋洋地摇着。这时小强尼爬到炉子边，抓着猫尾巴往外拖。猫用爪子抓了他，他号啕大哭起来。布鲁斯特太太毫不理会，继续在摇椅上悠闲地摇着。

罗兰看见这种情况也不敢插手。小强尼没完没了地尖叫着，布鲁斯特太太脸色阴沉地摇着椅子。罗兰坐在桌边的靠背椅子上，遥望着外面的草原，一条小路笔直地延伸出去，穿过茫茫白雪，消失在了远方。十二英里之外就是她的家。妈现在应该正在准备晚餐，卡琳放学回家了，她们一定和格蕾丝有说有笑。爸回家以后会抱起格蕾丝，亲亲她的脸颊，就和罗兰小时候的情形一样。他们会坐在餐桌旁，一边吃饭一边聊天。吃完饭，他们会看一会书，而卡琳会在一旁开始学习。然后，爸会拉一段小提琴。

房间里光线越来越暗，罗兰再也看不清那条小路。终于，布鲁斯特先生拎着牛奶桶进屋来了，布鲁斯特太太这才点亮油灯。她先把牛奶过滤出来，然后再清洁牛奶桶。布鲁斯特先生坐下来看报纸。他们谁也不说话，这种长时间的沉默令人窒息。

罗兰不知道该做些什么，可现在上床睡觉又太早了。屋子里没有其他的报纸，也没有任何书本可以翻阅。这时，她想到了教学课本。罗兰回到那个又冷又黑的卧室里，从妈的书包中摸出了历史书，然后拿着它来到厨房，坐在餐桌前开始学习。

"至少他们没有妨碍我看书。"她心想，因为受到冷落而心中不愉快。渐渐地，随着学习的专注，她开始忘记自己现在置身于何处了。不久后，她听到钟声敲响了八下，她站起来，彬彬有礼地道了声晚安。布鲁斯特太太没有回应她，只有布鲁斯特先生对她说了声"晚安"。

回到卧室里，罗兰浑身颤抖地脱下衣裙，换上法兰绒睡袍。她钻进沙发上的被窝里，然后把印花布帘拉上。床上枕头、被子都很齐全，就是窄了些。

她听到布鲁斯特太太带着怒气飞快地说着话。太冷了，罗兰用被子捂住头，但还是能听到布鲁斯特太太的声音。

"……对你来说当然合适啦，因为伺候她寄宿的人是我！……这个鬼地方，鸟都不生蛋！什么教师，哼！……当初如果没有嫁给你，我也会成为一名教师……"

罗兰心想，原来她是不想给教师提供食宿，所以她不是故意针对我这个人。她希望自己能够赶快睡着，可是，整整一个晚上她都担心自己会从窄窄的沙发上摔下来，而且她也在为自己明天将面对的工作而感到担心，所以一晚上都没有睡好。

第二章
教书的第一天

　　早晨，罗兰听见炉灶里生火的声音。有好一阵子，罗兰觉得自己是和玛丽一起睡在床上的，而爸正在生火呢。当她睁眼看到了印花布帘时，这才明白自己身在何处。而今天，她就要开始到学校去教书了。

　　她听见布鲁斯特先生取下牛奶桶，关上门出去了。在布帘的那一边，布鲁斯特太太也起床了。小强尼呜呜地哼了一会儿，然后又安静下来。罗兰不想动弹，她心想，如果自己这样一直躺下去，也许今天就永远不会到来了。

　　布鲁斯特先生拎着牛奶桶进屋来了。罗兰听见他说："我先去学校那边生火，早饭的时候就回来。"随后又关上门出去了。

　　罗兰急忙掀开被子坐起来，屋里寒气逼人。她的牙齿开始上下打架，手也冻得发抖，连鞋扣都扣不上了。

　　厨房就暖和多了。布鲁斯特太太敲破了水桶里的冰，把水壶灌满水，还愉快地回应了罗兰一句"早上好"。罗兰端了一盆水到门边的椅子上洗漱，冰凉的冷水刺痛了她的脸颊，她对着长凳上面的镜子梳头，看见自己的脸红扑扑的，光彩照人。

锅里煎着几片咸肉，布鲁斯特太太在另外一个平底锅放上土豆。强尼在卧室里大声哭闹，罗兰赶快把辫子梳好，用发针别上，再系上围裙，对布鲁斯特太太说："让我来切土豆吧，您去给强尼穿衣服。"

于是布鲁斯特太太把强尼带到炉火旁边，给他穿戴整齐。这时罗兰已经把土豆切好了，还在上面撒了盐和胡椒粉，盖上盖子，接着她把咸肉翻了个面。这样早餐就基本做好了。

"真高兴妈让我带上了这条大围裙，"罗兰说，"它可以把衣服都遮住。您说呢？"

布鲁斯特太太没有回应她。现在炉子里的火烧得很旺，屋子里暖和起来了，但是罗兰的心头却泛上了凉意。吃早餐的时候，除了几句简短、必要的寒暄，大家没有什么多余的话说。

吃过早餐，罗兰穿好外套，拿上书本和午餐盒，走出这栋房子。此时，心中的阴霾一扫而光。她向半英里外的学校走去。道路上除了布鲁斯特先生的脚印以外什么也没有，他的步子迈得很大，罗兰没法踩着他的那些脚印走。

罗兰深一脚浅一脚地在雪地里跌跌撞撞地前行，一不小心陷到了积雪里。她突然大笑起来。"好吧！"她想，"现在我已经到这儿了，我必须向前走，不能后退了。比起和布鲁斯特太太一起待在那栋房子里，不如到学校教书。不管怎么样，再坏的情况也不过如此啊。"

然后，罗兰感到有些害怕了，为了给自己加油鼓劲，她大声说道："我必须往前走！"

这时，从那间屋子的烟囱里冒出了黑色的烟。门前有几行脚印，罗兰听见屋子里有说话的声音。她鼓足勇气，推开门走了进去。

木板墙没有钉好。一缕缕阳光从缝隙中透进来，照在着教室中间的六组桌椅上，在桌子的对面墙上，有几块木板钉在墙上，被涂成黑色，这也就是黑板了。

椅子前放着一个很大的暖炉。炉子和盖子被炭火烤得通红，围着炉子站立着的就是罗兰要教的学生，一共五个，其中两个男生和一个女生比她高。他们一起望着罗兰。

"早上好！"罗兰说。

"老师早。"他们回答，仍然目不转睛地看着她。阳光从小窗户里照射进来。在火炉的侧面放着一张小桌子和一把椅子。"那应该是为老师准备的，"罗兰想，"天啊，我就是那个老师呀！"

她的脚步声很大，学生的目光也在跟着她移动。她把书本和午餐盒放在桌子上，脱下外套和兜帽，挂在椅子边墙壁的挂钩上。桌子上放着一个小小的钟，现在指针指向八点五十五分。

罗兰必须好好利用上课前这几分钟的时间。

她慢慢脱下手套，放进外套口袋里。然后，她在学生的注视下，走到火炉旁边，把手伸向炉火，做出要烤火的样子。学生们给她让出一条路来，但仍然盯着她。她必须要说点儿什么了。

"今天早晨很冷，不是吗？"她听见了自己的声音，然后，还没等学生们回答，她又说道，"你们的座位离火炉太远了，不冷吗？"

一个高个子男孩回答道："我坐在最后面最冷的位置。"

那个高个子女孩说："我必须和查尔斯坐在一起，因为我们只能合用一本课本。"

"那么，你们可以一起坐过来，离火炉近一点儿。"罗兰很高兴课前的五分钟顺利地过去了。

"大家都坐好。我们开始上课了。"

小女孩坐在最前面，她后面是个小男孩，然后是那个高个子女生和查尔斯，最后面是另外一个高个子男生。罗兰用笔敲了敲桌子，说

道："好，现在大家请注意。现在我要登记你们的名字和年龄。"

那个小女孩叫鲁比·布鲁斯特，今年九岁了。她的头发和双眸都是浅浅的棕色，温顺可爱得就像一只小老鼠。罗兰知道她一定是一个听话的乖孩子。她已经学完了初级读本，但是在算术上仍停留在基础阶段。

小男孩是鲁比的哥哥，叫汤米·布鲁斯特。他十一岁了，学完了阅读课本第二册，数学在学除法了。

坐在一起的两个学生是查尔斯和玛莎兄妹。查尔斯十七岁，苍白瘦弱，沉默寡言。玛莎十六岁，说话很快，好像连她哥哥那一份也都说完了。

坐在最后面的那个男孩叫克拉伦斯·布鲁斯特，他的年龄比罗兰要大些。棕色的眼睛看起来比他的妹妹鲁比要更机灵，一头黑发乱糟糟的，举止看起来有点儿粗鲁。

克拉伦斯、查尔斯和玛莎都在学习读本的第四册，拼写课本已经学完一半了，数学也学到分数了。地理已经学完了新英格兰的各州。对于罗兰的提问，他们可以对答如流。所以，罗兰准备开始教他们中部大西洋各州。他们谁也没有学过语法和历史，罗兰带来了妈的文法书，克拉伦斯带来了历史书。

"非常好！那我们就从文法和历史开始学习吧。大家都拿出课本，我们准备开始。"

等罗兰把学生的情况了解清楚后，便开始安排学习的课程，不一会儿，课间休息时间到了。学生们穿上外套，跑到外面玩雪去了，罗兰舒了口气。教书的第一天已经度过了四分之一了。

接着，罗兰开始制定教学计划。她打算上午教读本、数学和文法。下午教历史、作文和拼写。拼写课要分成三个班上课，因为鲁比和汤米的拼写还落下很多。

十五分钟后，罗兰敲着窗子，招呼学生们进教室。然后她听着学生们大声朗读，并耐心地纠正他们的错误，一直学习到中午休息时间。

中午的一个小时过得太慢了。罗兰一个人坐在桌子旁吃着黄油面包，学生则围坐在火炉旁，一边吃着午餐盒里的午餐，一边聊天。吃完后，男孩子们又跑到雪地里，玛莎和鲁比站在窗前看着他们玩。罗兰仍然坐在她的桌前。她现在是个老师了，就必须有老师的样子。

午休时间结束了，罗兰又敲了敲窗户，男生们兴高采烈地跑回来，口中呼着白气。他们把外套和围巾都挂在挂钩上，随着他们进来的冷气也在扩散。寒冷和运动使得他们个个都红光满面。

罗兰说："炉火不旺了。查尔斯，能麻烦你再加点儿煤进去吗？"

查尔斯十分乐意，他慢吞吞地端起笨重的煤盒子，把煤炭倒进了炉子里。

"下次让我来吧。"克拉伦斯说。也许他并没有想冒犯的意思，不过就算他是故意的，罗兰又能拿他怎么样呢？克拉伦斯很健壮，而且比她年纪大，个子也比她高。他棕色的眼睛冲着罗兰眨了眨。罗兰尽量把身子挺得又高又直，用笔敲了敲桌子。

"现在，我们开始上课。"她说。

虽然学校规模很小，但是罗兰还是想尽量按照镇上学校的规矩来上课，要求学生要到教室前面来背诵。鲁比一个人就是一个班，所以只能一个人回答所有的问题，如果有人一起回答问题，还可以帮她分担一些。罗兰让鲁比慢慢地拼读，如果拼错了，还可以再试一次。没想到，她正确地拼出了每一个单词。汤米拼写花费了稍长的一段时间，不过罗兰给他留出了足够的时间去慢慢想，又来一遍的时候，汤米做得也不错。

接着是玛莎、查尔斯和克拉伦斯背诵生词。玛莎一点儿也没有出错，查尔斯拼错了五个单词，克拉伦斯也拼错了三个。这一次，罗兰必须给他们一点儿惩罚。

"玛莎，你可以回到座位上了，"罗兰说，"查尔斯和克拉伦斯，到黑板前面来，把你们拼错的单词写出来，每个写三遍。"

查尔斯慢腾腾地走上前去，开始拼写单词。克拉伦斯用傲慢的眼光看着罗兰，接着他漫不经心地写了起来，他才写了六个单词，就把半边黑板占满了。然后他没有举手请求发言，就直接说："老师，黑板不够写！"

克拉伦斯虽然受罚，却还是一副嬉皮笑脸的样子。原来他是在公然反抗罗兰。在接下来的一段时间里，他就这样站在那儿冲着她笑，而罗兰也直直地瞪着他，两人就这样僵持着。

罗兰说："是的，黑板确实小了点儿，克拉伦斯，我很抱歉。不过，你必须把写出来的单词擦掉，然后再重新写一遍。只要你写小点儿，黑板就够用了。"

罗兰心里一直想，克拉伦斯你就听从我的话吧，不然我也不知道该怎么办了。

克拉伦斯依然笑嘻嘻的，他转身擦掉了故意写大的单词，重新写了三遍，在下面还用花体字签上了他的名字。

罗兰松了口气。她看了看时钟，已经四点了。

"把你们的课本收起来，"等大家都把书本整齐地放在课桌下面的隔板上后，她说："放学了。"

克拉伦斯一把抓起外套、帽子和围巾，怪叫一声，第一个冲出教室，汤米紧随其后。当罗兰帮鲁比穿上外套，系上兜帽时，发现他们俩还在外面等候着。查尔斯和玛莎非常仔细地把自己包裹起来，因为他们要走一英里多才能到家。

罗兰站在窗前看着他们离开学校。她看见半英里之外有栋小屋，那是布鲁斯特先生哥哥家的房子。这时，房子的烟囱里正冒着炊烟，朝西的窗户在夕阳的余晖里闪着光。克拉伦斯和汤米在雪地里打打闹闹，带着红色兜帽的鲁比跟在后面。从东边的窗户看出去，天空很晴朗。

这座被当作学校的小屋没有朝西边开的窗户。如果有暴风雪袭击学校，大家都不能预先知道。

罗兰把黑板擦干净，又拿起扫帚打扫了地板。不需要用簸箕，因为地板上的裂缝很宽。然后，她关上火炉上的风门，穿上外套，拿起教科书本和午餐盒，把门关好。她沿着早晨来的路，朝布鲁斯特先生家走去。

教书的第一天终于结束了，罗兰不由得感到庆幸。

第三章
第一个星期

  罗兰在雪地里艰难地走着，她想，布鲁斯特太太虽然是个不易相处的人，但是也不可能天天都生气，也许，今天回去的时候，她的心情就会好一些了。

  罗兰满身都是雪，脸也冻红了。当她走进屋子时，就高高兴兴地同布鲁斯特太太说话。可是不管她如何努力，布鲁斯特太太要么是简单敷衍几句，要么就是不理不睬。晚餐的时候，桌子上没有一个人出声。那种压抑的气氛让罗兰一句话也说不出来。

  吃过晚餐，罗兰又帮着做家务。布鲁斯特太太一言不发地在摇椅上摇晃着。罗兰难受极了，好想回家去啊。

  当布鲁斯特太太点起油灯，罗兰就赶紧把课本拿到桌前来。她预先给自己规定了读书的进度，要在睡觉之前读完那些。在镇上她的同学们都在不断地学习，她希望自己能够跟上他们的进度，同时，她也想通过学习来忘掉现在的处境。

  罗兰缩着身体坐在椅子上。这讨厌的沉默压得她喘不过气来。布鲁斯特太太一直坐在摇椅上，布鲁斯特先生把睡着了的强尼抱在怀里，凝视着燃烧的火炉，不知道在思考着什么。时钟敲响了七点，然后敲响了八点，终于到九点了。罗兰鼓起勇气说："时间不早了，晚安。"

布鲁斯特太太没有理会她。布鲁斯特先生说："晚安。"

还没等罗兰走进房间，布鲁斯特太太又开始跟布鲁斯特先生吵起来。罗兰尽量不去听他们吵架，她把被子拉过来捂住头，耳朵紧紧地贴在枕头上，不过她还是听到了吵闹声。她知道布鲁斯特太太是故意让她听到的。

"我才不愿意伺候一个小丫头，每天除了打扮得漂漂亮亮地去学校坐着，其他的什么也不会做。如果你不把她赶出这个屋子，我就自己回东部老家去！"

罗兰听了这些话，心里非常难受。这是一个喜欢把自己的快感建立在别人的痛苦之上的人。

事到如今，罗兰也不知道该怎么办才好。她很想回家，但是她现在不能回去，如果回去了她肯定会委屈地哭出来。她必须要考虑一下该怎么应付眼下的处境。除了布鲁斯特先生家，她也没有别的地方可以住。另外两户人家更是名副其实的小屋了。哈里森先生家有四口人，而且只有一间房子。布鲁斯特先生的哥哥家住着五口人，也只有一间房子，他们都没办法收留罗兰。

她心想，自己其实并没有给布鲁斯特太太添什么麻烦呀。她自己铺床，并且帮忙做家务。这时候，布鲁斯特太太又在抱怨这个地方，说这里太贫瘠荒凉了，寒风刺骨，她要回东部去。罗兰突然明白了：她并不是在生我的气，她只想和布鲁斯特先生吵架，所以把我牵扯进来，拿我当幌子。她真是个自私刻薄的女人。

布鲁斯特先生什么也没有说。罗兰想："我毫无办法，只有默默忍受了。我没有别的地方可去，只能住在这里。"

当第二天早晨醒来时，罗兰想："熬一天算一天吧。"

住在一个不受欢迎的地方真让人痛苦不堪。她处处小心翼翼，生怕给布鲁斯特太太添麻烦，而且帮她做家务。她要很有礼貌地说"早安"，并且要面带微笑。她以前从来不知道，想对一个人笑，但又不是发自内心的笑，是一件多么困难的事。

第二天上课，罗兰还是有些害怕，不过这一天过得很顺利。克拉伦斯仍不愿意学习，罗兰认为应该处罚他，可是检查他的作业时他竟然对答如流。或许他是一个好孩子。

到下午四点钟的时候，她感到疲惫不堪。第二天已经结束了，过了明天中午，第一个星期就过去一半了。

突然间，罗兰屏住了呼吸，像个木头人一样一动不动地站立在积雪的小路上。她想到了这个周末的两天时间，她都得待在布鲁斯特太太家啊。她听见自己内心在呐喊："噢，爸，我受不了啦！"

她听到了自己的啜泣声。这哭声让她羞愧不已，不过幸好没有别人听见。周围没有人烟，有的只是白雪皑皑的大草原，辽阔而安静。她宁愿待在空气寒冷而清新的地方，也不愿意回到那让人头痛的教室。可是太阳正缓缓落下，明天它依然会升起来，所有的事情都会继续下去。

这天夜里，罗兰又梦见自己在暴风雪中迷路了。她对这个梦很熟悉，自从她和卡琳在暴风雪中迷路后，她就时常会做这个梦。然而在这次的梦中，暴风雪尤其猛烈，凛冽的寒风，刮在脸上像刀割一样，似乎要把罗兰和卡琳从窄窄的沙发上掀下来似的。罗兰使出全身力气，紧紧抱着卡琳，突然，她发现卡琳不见了，暴风雪把她给刮走了。罗兰恐惧万分，心跳都快停止了。她没有一丝力气，便任由自己坠落进无尽的黑暗里。

就在这时，爸驾着雪橇来到她面前，"星期六怎么不回家呢，我的小瓶子？"妈、玛丽、卡琳和格蕾丝看见她，脸上都带着惊讶的表情。玛丽兴奋地说："噢，罗兰！"妈也是笑容满面，卡琳赶紧跑过来帮罗兰脱下外套，格蕾丝高兴得蹦蹦跳跳，使劲拍着巴掌。

"查尔斯，你怎么没有告诉我们呢？"妈问道。

"嘿，卡洛琳，我不是说过要去拉个小东西回来吗？罗兰就是这个小东西呀。"爸回答。

罗兰眼前浮现出家中吃午饭的情形，爸在餐桌边喝完茶后说："我想今天下午去拉个小东西回来。"

"查尔斯，你又要去载什么东西回来啊？"妈问。

罗兰觉得自己根本没有离开家，她一直都在家里呀。

接着她就醒过来了。她现在还睡在布鲁斯特家里，这是星期三的早上。可是这个梦太真切了，她几乎相信那是真的。爸也许会在星期六来接她回家呢。他的做事风格一向如此，总是喜欢给大家带来惊喜。

昨夜的暴雪淹没了罗兰走过的小路，她又得在积雪中步履艰难地前进，一步一步地向学校教室走去。早晨的阳光映照在新落下的雪上，给雪地上的所有东西都投下淡蓝色的阴影。当罗兰从深雪中抽出她的脚时，看到克拉伦斯走过来。在他背后的汤米和鲁比正沿着克拉伦斯开辟的路向前走。大家跌跌撞撞地几乎同时到达了学校小屋的门前。

小鲁比从头到脚都是雪，头发和兜帽上也全是。罗兰帮她把雪掸掉，告诉她先不要脱掉外套，等屋子暖和些再脱。克拉伦斯在炉子里又添加了一些煤炭。罗兰拍了一下自己外套上的积雪，又扫干净地板上的雪。

阳光从窗户照射进来，使小屋暖和了一些，其实屋里比外面还要冷。不过没过多久，暖炉的火着起来，大家就不再呵白气了。这时已经是九点钟了，罗兰说："我们开始上课吧。"

这时，玛莎和查尔斯上气不接下气地跑进教室，他们迟到了三分钟。罗兰不想给他们记上迟到，因为在这样的雪地里走上一英里路程实在不是一件容易的事。在深雪里只走几步很轻松，但是要在深雪中走上整整一英里，那每步都是异常艰难的。有那么一瞬间，罗兰想还是应该原谅他们，就这么一次。可是任何的借口都改变不了这个事实：他们的确迟到了。

"很抱歉，但是我必须给你们记上迟到。"罗兰说，"不过你们可以先到火炉边来暖和一下，再回到座位上去。"

"真对不起，英格斯小姐，"玛莎说，"我们不知道要花这么长时间。"

"在雪地里踩出一条路是很艰难的，这个我知道。"罗兰和玛莎相视一笑，这友好的笑容让罗兰突然觉得，教书其实是件很轻松的事。

"在学习第二册读本的人请到前面来。"鲁比走到罗兰面前。

整个上午十分顺利。中午的时候，鲁比来到罗兰桌边，很羞涩地递给她一块饼干。吃完午餐，克拉伦斯邀请她出去打雪仗，玛莎说："来吧，这样我们刚好一边都有三个人了。"

罗兰对他们的邀请非常开心，同时她也很想去外面感受一下阳光和冰雪。他们玩得非常开心。罗兰、玛莎和鲁比三个人一组，对抗查尔斯、克拉伦斯和汤米。空中到处都是飞舞的雪球。克拉伦斯和罗兰的动作十分敏捷。大家戴着手套捏雪球，再扔出去，然后又赶紧躲闪。

罗兰觉得浑身暖和起来，一直在哈哈大笑，突然一大团雪球打中了她张开的嘴巴，弄得她满脸都是雪。

"哎呀，我不是故意的！"她听见克拉伦斯在说。

"你打得真准哪。"罗兰一边擦着眼睛，一边说道。

"让我来吧，你站着别动。"克拉伦斯按住罗兰的肩膀，就像在哄鲁比似的，用罗兰围巾的一角帮她擦眼睛。

"谢谢你。"罗兰说。她知道自己不能再玩下去了，她个子太小，年龄不大，如果他们继续这样玩下去，那就没办法让他们信服了。

这天下午上课的时候，克拉伦斯扯了玛莎的头发。当玛莎转过头来时，她棕色的发辫扫过克拉伦斯的桌子，他抓住辫子扯了一下。

"克拉伦斯，"罗兰说，"不要打扰玛莎，集中精力学习你的功课。"

他对罗兰友好地笑了笑，仿佛在说："好的，既然你说不行，那我就不去打扰她了。"

罗兰几乎笑出声来，她自己也吓了一跳。还好，她及时忍住笑，做出一副很严肃的样子。现在她确定克拉伦斯会给她带来麻烦。

星期三过去了，这个星期就只剩下两天了。罗兰尽量不去奢望爸会来接她，可是她的内心一直相信，爸很有可能会来接她，让她在布鲁斯特太太家少受两天罪。可是，爸没办法知道她这里的日子有多么痛苦。所以罗兰不能抱有这种期盼，当然如果天气好的话，爸还是有可能来的。那么她就只用忍耐两个晚上了，星期五晚上，我已经到家里啦！总之，罗兰的心里矛盾极了。

可是到了星期五早上，天空阴沉沉的，像暴风雪即将来临的样子，风也越来越冷。

罗兰这一整天都在学校倾听风的声音，她担心风声会变成暴风雪的怒吼声，担心这个小屋会猛然摇晃起来，害怕窗外变成白茫茫的一片。

从墙的缝隙中刮进来的风越来越冷，这样的天气，爸是不可能来了。

"我怎么才能熬到星期一呢？"罗兰心想。

她把目光从窗户移开，看看教室，发现查尔斯在那里昏昏欲睡。突然间，查尔斯一下子就醒了过来。原来是克拉伦斯在用别针刺他的胳膊。罗兰几乎笑了起来，克拉伦斯知道她看到了自己的小动作，他的眼睛里含着笑。但罗兰不能让这事情就这样过去。

"克拉伦斯，"罗兰说，"你为什么不专心学习呢？"

"我已经都学会了。"他回答。

她并不怀疑这句话。克拉伦斯学东西很快，他在学习上跟玛莎和查尔斯不相上下。

"那好，我们来看看你的拼写课做得怎么样了，"罗兰敲了一下桌子说，"拼写课第三组的同学请到前面来。"

这时，小屋在狂风中摇晃着，屋外的怒吼声越来越猛烈。雪花从墙壁缝隙中钻进来，烧得红彤彤的火炉散发出热气，把雪花都融化了，地板上积着一汪汪水。克拉伦斯正确地拼写出了罗兰给他的所有

单词，而罗兰这时正在考虑她是不是该早点儿放学。因为风雪越来越大，查尔斯和玛莎快回不了家了！

罗兰在呼啸的风雪声中似乎听到有金属碰撞的声音。她仔细听，其他人也再听，她不知道那个声音是什么东西发出来的。天色并没有变化，云层还是灰蒙蒙的，压得很低，飞快地从草原上空掠过。那个声音越来越清晰，就像音乐一样。突然，整个空中充满了小铃铛的声音，罗兰才明白，那是雪橇的铃声！

每个人都深深地舒了口气，笑了起来。两匹棕色的马从窗外一闪而过。罗兰认识那两匹马，它们是王子和贵妃，是阿曼乐的马！雪橇铃声更加响亮，不久就停下来。这两匹马停在了南墙外面，正站在小屋的屋檐下呢。

罗兰喜出望外，她尽量让自己的声音稳定下来："同学们回到座位上去吧。"她停顿了一下，说，"现在大家把书本收好，风雪这么大，大家早点儿回家吧。"

第四章

雪橇铃声

克拉伦斯冲出教室，然后又返回来，大叫道："有人来接你了，老师！"

罗兰正在帮鲁比穿外套，她对克拉伦斯说："告诉他我马上就来。"

"快来呀，查尔斯！过来瞧瞧他的马！"克拉伦斯砰的一声把门关上了，震得整个小屋都晃了一下。罗兰迅速穿上外套，系好兜帽，围上围巾。她关上火炉的风门，戴上手套，拿起书本和午餐盒，最后关好门。她心里高兴极了，激动得几乎无法呼吸。虽然不是爸来，但是她今天可以回家了。

阿曼乐正坐在雪橇上，雪橇又矮又小，拖在王子和贵妃后面，乍看上去会以为是一堆毛毯。阿曼乐裹着一件野牛皮大衣，头上戴着有护耳的毛皮帽子，看起来非常暖和。

他没有下雪橇，而是掀开盖在身上的毯子，拉着罗兰坐上雪橇，再用毛皮袍子把罗兰包裹起来。等罗兰坐好以后，他再把毯子四周塞严实了。他们都裹着以绒布为里子的野牛皮。

"你要不要先去布鲁斯特先生家？"

"嗯，我要把午餐盒放下，再带上我的书包。"罗兰说。

在布鲁斯特家里，强尼正声嘶力竭地尖叫。当罗兰走出屋子时，她看见阿曼乐正用厌恶的眼神看着强尼。不过，现在这一切与她无关了，她要回自己的家了。阿曼乐给她拉盖好毯子，雪橇的铃铛开始欢快地响起来，马载着罗兰，向着家里飞驰而去。

罗兰隔着厚厚的黑色面纱说："真感谢你来接我。我以为爸来接我的。"

阿曼乐有些迟疑，他说："我们……嗯，他本来是打算自己来的，不过我告诉他说，这段路太长了，会把他的马累着的。"

"可是还得要他的马送我回来呢，星期一早上我必须赶回学校。"

"也许王子和贵妃可以再跑一趟。"阿曼乐说。

罗兰有点儿尴尬，她没打算向他暗示什么，她甚至根本没有想过要他送自己回来。她又一次不假思索就开口乱说了。爸的建议是多么正确啊，她总是先说话然后才思考。她想："从今以后，一定要想清楚了再说话。"

"不用麻烦你了，爸会送我回来的。"这句话听起来是多么的鲁莽啊。

"一点儿也不麻烦，"阿曼乐说，"我早就说过，等我做好轻型雪橇，我会请你来坐的。就是这个雪橇，你喜欢吗？"

"很好啊，不过它实在是太小了。"罗兰回答。

"这个雪橇的确要小得多。它只有五英尺①长，二十六英寸②宽。它不仅坐起来很舒适，而且马拉着也更轻松，可能它们都感觉不到拉着东西呢。"

"简直像在飞一样！"罗兰说。她从来没有想过雪橇能跑这么快。

---

① 1英尺 =0.3048米。

② 1英寸 =0.0254米。

雪橇在向前行驶，头上的云层不断掠过，路旁纷飞的雪像烟雾一样在两侧飘过。带着光泽的两匹棕色的马，一路向前飞驰，系在马脖子上的铃铛发出阵阵悦耳的声音。小巧的雪橇飞快地在雪地里滑行，像一只滑过天际的小鸟一样。

虽然速度已经很快了，可罗兰还是觉得不够快。很快他们就经过了镇上的店铺，罗兰看到爸就站在家门口。罗兰下了雪橇，跑上门前的台阶。这时，她才想起还没有跟送她回来的阿曼乐道谢，于是她用十分感激的口吻说："谢谢您，阿曼乐先生。晚安！"罗兰终于回到家了。

妈满面笑容，卡琳跑过来帮罗兰取下围巾和面罩。格蕾丝高兴地拍着手大叫："罗兰回家啦！"爸走了进来，说："让我们好好看看你，嗯，还是那个小丫头，一点儿都没变！"

他们都有太多的话要说，有太多的事要分享。宽敞的起居室在罗兰眼里从来没有像现在这么漂亮过。墙纸也换成了深褐色的，桌子上铺着新的红格子桌布，地板上铺着颜色鲜亮的碎布地毯。两把摇椅摆放在挂着白色窗帘的窗户旁，玛丽的那把是从商店买来的，而那把用木材加工的摇椅是以前在印第安人领地居住时，爸做了送给妈的。摇椅上放着拼布坐垫和妈的针线篮子及毛线团。那只叫凯蒂的猫懒散地躺在地面上，看到罗兰时，就跑过来在罗兰脚边不停地蹭着。爸的桌子上放着一只篮子，那是玛丽用蓝色珠子串起来的。

晚餐时，大家兴致勃勃地聊着天。罗兰只想说话，不在乎吃了些什么。她把每一个学生的情况都讲给大家听。妈说玛丽最近来信了，玛丽在大学中学习成绩一直很优秀。卡琳把镇上学校发生的新闻都告诉了罗兰。格蕾丝则告诉罗兰她最近学会的单词，还讲了凯蒂和一只狗打架的事情。

　　吃过晚餐，等罗兰和卡琳洗完了碗盘，爸说出了罗兰期待已久的话："罗兰，把我的小提琴拿来，现在我们该来点儿音乐了。"

　　爸先演奏了苏格兰和美国的进行曲，接着拉了一首甜蜜古老的情歌和欢快的舞曲。罗兰开心极了。

　　睡觉的时间到了，罗兰跟着卡琳和格蕾丝一起上楼去，从阁楼的窗户里看到了街上的灯火和被风吹起的雪。她躺在温暖的被子里，听到爸和妈也上楼走到他们的房间去了。她还听到妈在愉快地低声说话，而爸用他深沉的声音回答。能在家里待两个晚上，罗兰备感幸福。

　　不用再担心从窄窄的沙发上摔下来，所以罗兰可以放心安睡。她感觉到天亮了，听见楼下火炉盖子掀开的声音，她知道自己正呆在家里。

　　"早上好！"卡琳在被窝里说。"早上好，罗兰！"格蕾丝从床上蹦起来。罗兰走进厨房时，妈微笑着说："早上好！"爸提着牛奶，走进来也对她说："早上好，小丫头！"罗兰以前从来没觉得说"早上好"竟然能让早晨变得如此美好。她从在布鲁斯特家的生活中了解到这一点。

　　早餐吃得非常愉快。接着，罗兰和卡琳一边聊着天，一边清洗着碗盘，然后上楼去整理床铺。罗兰说："卡琳，我们能生活在这样的家庭，是多么幸福啊。"

　　卡琳向四周打量了一番，感到十分惊讶。房子里只有两个小床和放杂物的箱子，还有一个延伸到屋顶外的烟囱。

　　"家里的确很舒适也很温暖。"卡琳折起被子说，"说实话，我以前从没想过这个问题。"

　　"等你哪天离开家的时候，"罗兰说，"你就会体会到了。"

　　"你是不是很讨厌教书？"卡琳压低声音问道。

"是的，"罗兰也压低了声音，"不过千万别让爸妈知道。"

她们把枕头拍松，放好，然后去整理罗兰的床铺。"幸好你不会教很久的书。"卡琳安慰她说。她们把手伸进满是麦秆的被子里，把麦秆弄蓬松。"也许不久你就会结婚的，像妈一样。"

"我不想结婚。"罗兰说，她把枕套拍打均匀，系上扣子，"我们现在来整理褥子吧。我只想待在家里，别的什么也不想。"

"永远都待在家里？"卡琳问。

"是的，永远。"罗兰十分肯定地说，她把床单摊开，"不过这也只是美好的愿望罢了，我还得回去继续教书呢。"

接下来，卡琳打扫房间。卡琳说："我最近一直负责打扫房间，这些事情我都会做了。罗兰，如果你想去梅莉家的话，那么现在就去吧，早去早回。"

"我就去问问自己是不是落下了功课。"罗兰说着下楼从井里打了几桶水装进锅里，放到炉子上。趁着烧水的时候，她赶紧跑去看望梅莉。

罗兰已经忘记了自己曾经是多么不喜欢这个小镇。这天早晨天气晴朗，雪地上结了冰的车辙印在阳光下闪着光。现在这两个街区只有道路的西侧还剩下两块空地。如今出现了不少新的、漆成白色或者灰色的店铺。霍桑家的杂货店漆成了红色，到处都充满了早晨的活力。

店铺的老板穿着厚厚的外套，戴着帽子，一边扫雪一边闲谈。走在街上随时都可以听见开门关门的声音、母鸡咕咕的叫声和马的嘶鸣声。

罗兰经过福勒先生和布莱德利先生身边的时候，他们都举起帽子，向她道早安。布莱德利先生说："我听说你在布鲁斯特学校教书啊，英格斯小姐。"

罗兰突然感觉自己长大了，她说："是的，我只是回镇上来度周末。"

"好啊，祝你一切顺利！"布莱德先生说。

"谢谢你，布莱德利先生。"罗兰说。

在梅莉家的裁缝铺里，梅莉的父亲正在他的工作台上忙着剪裁。梅莉在后面的房间里帮她妈妈做家务。

"哎呀，瞧瞧是谁来啦！"梅莉的妈妈惊呼道，"我们的老师，你好吧？"

"非常好，谢谢您。"罗兰回答。

"你喜欢教书吗？"梅莉十分关心罗兰。

"我觉得自己还可以应付过去，"罗兰说，"可是我更想待在家里。但愿这两个月赶紧过去。"

"我们也希望你快点儿回来，"梅莉说，"你不在学校的这段时间大家都很想念你。"

罗兰非常感动。"是吗？我也非常想念你们。"

"奈莉·奥尔森一直想坐你的座位，"梅莉接着说，"可是艾达不让她坐。艾达说她要帮你留着这个座位，一直等到你回来。欧文老师允许她这么做。"

"奈莉·奥尔森为什么要坐我的座位呢？"罗兰不解，"她自己的座位也很好啊！"

"你知道，奈莉就是这样的人，"梅莉说，"别人的任何东西她都想要。罗兰，要是我告诉她说，是阿曼乐驾雪橇带你回家的，她准会气得发疯！"

说到这儿，她们都笑了。罗兰有点儿不好意思，不过还是忍不住哈哈大笑起来。她们都还记得奈莉曾公开叫嚷，她一定要坐在那两匹棕色马拉的雪橇上去兜风。可是直到现在，她还没有坐过呢。

"我几乎等不及想坐那雪橇了。"梅莉说。

这时梅莉的妈妈说："我觉得这样做不太合适，梅莉。"

"我知道不好，"梅莉说，"但是你不知道奈莉有多么爱炫耀，还老是欺负罗兰。现在罗兰在学校教书了，而阿曼乐还负责送她回家，对她那么体贴。"

"不是！他没有！"罗兰大叫道，"事情根本不是这个样子的。他来接我，只不过是帮我爸的忙。"

"那他还真为你爸着想呢！"她本想逗罗兰玩，但看了看一本正经的罗兰，马上说，"真的很抱歉，以后我不再提这件事了。"

"我不是那个意思呀。我只是不想你认为阿曼乐是我的男朋友。"罗兰说。当你一个人独处时，所有的事情都很单纯，可是你一旦接触到别人，情况就复杂多了。罗兰此时明白了这个道理。

"那好吧。"梅莉说。

"我不能在这里待久了，"罗兰说，"我还烧着水呢，现在水一定烧热了。告诉你们现在学到哪儿了？"

当梅莉把她们的学习进度告诉罗兰后，罗兰知道自己自学的内容刚好能够赶上学校的进度，于是就放心地回家了。

这真是快乐的一天。罗兰洗了衣服，把刚晾干的衣服喷上水，用熨斗熨平整。然后她又走到客厅，拆开那顶褐色的帽子，一边和妈、卡琳、格蕾丝聊着天，一切都非常愉快。罗兰用一把刷子刷洗帽子，洗干净后再把它缝起来。戴在头上，照照镜子，简直就像新的一样。

下午还有些空闲时间，罗兰便清洗熨烫自己的裙子。接着她去帮妈准备晚餐。吃过晚餐，他们就轮流在温暖的厨房里洗澡，然后上床睡觉。

"如果能永远这样生活下去，我就别无所求了，"罗兰在临睡前想，"也许是因为我在家待两天，所以才会有这种想法吧……"

早晨的阳光很好，这是一个非常舒服的星期日。罗兰、妈、卡琳和格蕾丝走在宁静的大街上。早晨的家务活儿都忙完了，午餐要吃的豆子正在烤箱里慢慢烤着。爸关上炉子的风门，走出来把大门锁好。

罗兰和卡琳走在前面，爸和妈牵着格蕾丝的手走在后面。他们都换上了最好的衣服，带着愉悦的心情朝教堂的方向走去。在寒冷的早晨，他们慢慢前行，小心留意着不在结冰的路面上滑倒。大家都从福乐先生店铺门前的路上走过，缓慢地朝着教堂走去。

罗兰一走进教堂，就在教堂中不断寻找。艾达就在那儿！艾达也看见了罗兰，棕色的眼睛兴奋地瞪大了。她赶快挪动了一下，给罗兰腾出一个位子，然后挽住了罗兰的胳膊。"天啊，看到你真是太高兴啦！"她小声说，"你什么时候回来的？"

"星期五放学以后回来的，今天下午我就得回去了。"罗兰回答。在教堂礼拜开始之前，她们还有一点儿时间可以聊天。

"你喜欢教书吗？"艾达问。

"不喜欢，一点儿也不喜欢！但是你不要告诉其他人，我现在已经习惯了。"

"你放心，我不会的，"艾达说，"我知道你一定行。可是，你在学校里的座位一直空着，我看着很不舒服呢。"

"我会回来的。只剩下七个星期了。"罗兰说。

"罗兰，"艾达说，"你不会在乎奈莉跟我坐在一起吧？"

"哎呀，艾达！"罗兰叫了起来，不过她知道艾达这是逗她玩呢。"我当然不会介意啦，"她说，"你该去问问奈莉，看她敢不敢去坐！"

由于是在教堂里面，不能笑出声来，所以她们只能轻轻地耸动肩膀，忍住笑意，保持面容平静。牧师敲了敲桌子，让大家保持肃静，礼拜就要开始了。她们站了起来，跟着大家一起唱赞美诗。

> 让人愉悦的主日学校啊，
> 它比最美的宫殿更珍贵，
> 我很喜悦，我心向往，
> 我们亲爱的主日学校。

合唱着赞美诗的感觉比聊天还要好。罗兰心想，艾达真是一个好朋友。大家并排站着捧着一本赞美诗的歌本一起唱。

> 在我彷徨缺乏坚定的心中，
> 生命之路第一次在此显现，
> 我第一次发现了心灵圣地，
> 这就是我们的主日学校。

艾达柔美的女低音，配合着罗兰清脆的女高音，共同唱着《主日学校》：

> 我很喜悦，我心向往，
> 我们亲爱的主日学校。

去教堂做礼拜，最让人愉快的就是参加主日学校那段时间。虽然谈话的范围仅限于宗教方面，但是艾达和罗兰可以用眼神交流，还能一起唱赞美诗。主日学校结束后，她们再也没有时间待在一起，只能互相说"再见"了。然后，牧师开始发表他那漫长而枯燥的布道词，艾达必须跟布朗太太坐在前排座位上听布道。

罗兰和卡琳走过去，跟爸、妈坐在一起。罗兰要确保自己能记住今天的《圣经》章节，这样等回家后，爸问起她时她才能背诵出来。除此之外，其余的东西就没必要专心去听了。罗兰在教堂里总会想起玛丽。因为，玛丽一向都会坐在罗兰身边，留心她的举止，要她守规矩。那时候，她们还都是小孩子呢，而现在玛丽已经上大学了，罗兰也已经开始在学校教书。

罗兰尽量不去想布鲁斯特太太和教书的事。不管怎样，玛丽已经在上盲人学校了，而自己现在能挣到四十元钱。只要有了这四十元钱，玛丽明年就能继续留在盲人学校学习。只要你坚持不断地去做，可能什么事情都会有好的结局，否则就只会两手空空。"我只盼望在接下来的这七个星期里我能应付得了克拉伦斯。"罗兰心里想着。

卡琳碰了碰罗兰的胳膊。所有人都站立起来，一起唱着赞美诗。礼拜结束了。

午餐非常可口。妈烤的豆子实在是太香了，面包、黄油、腌黄瓜味道都不错，一家人其乐融融，有说有笑的。

"我待在家里太舒服啦！"罗兰说。

"跟我们家比起来，待在布鲁斯特家确实让人难受。"爸说。

"怎么了，爸？我没有抱怨什么呀！"罗兰非常惊讶。

"我知道你没有抱怨，"爸说，"嗯，只要你坚持，七个星期并没有多长，那时你又可以回家了。"

罗兰洗过碗盘，大家一起度过了一段美好的午后时光。阳光透过明净的窗户，照进温暖的房间里。妈坐在摇椅里轻轻地摇晃着，卡琳和格蕾丝看着爸那本绿皮大书《动物世界奇观》。爸给妈念着报纸上的新闻。罗兰在爸的书桌前给玛丽写信。她在信中写了她教书的学校和她的学生，当然她不会写那些不愉快的事情。时钟滴答滴答地走着，猫凯蒂时不时伸个懒腰，喉咙里发出呜呜的声音。

罗兰写好信后，就上楼去了，把洗干净衣的服装进书包里。她提着包下了楼，来到客厅。到了该走的时候了，可是爸还坐着读他的报纸，一点儿着急的样子也没有。

妈看了看时钟，对爸温柔地说："查尔斯，你应该去套马车了，要不然就晚了的。这一去一回路程很远，而且现在天黑得很早。"

爸翻过一页报纸，说："嗯，不着急。"

罗兰和妈彼此看了看，觉得很诧异。她们看了看时钟，又看了看爸。爸一动也不动，不过他棕色的胡子看起来在微笑着。罗兰坐了下来。

时间就这样流逝着，然而爸一直静静地看着报纸。妈想说些什么，但是又把话咽了回去。最后，爸头也不抬地说："有人担心我的那两匹马跑不了这段路呢。"

"什么呀，查尔斯！我们家的马没什么问题吧？"妈问道。

"嗯，"爸说，"事实上，它们没有以前那样身强力壮了。不过，让它们来回跑个十二英里，倒是没什么问题。"

"查尔斯……"妈觉得爸说这话很莫名其妙。

爸抬起头，对着罗兰眨了眨眼睛。"也许不需要我驾车跑那么远的路程。"他说。这时，一阵雪橇铃声从大街上传过来。铃声越来越清晰，越来越响亮，最后停在了在大门外。爸走过去，把门打开了。

"下午好，英格斯先生，"罗兰听见阿曼乐的声音，"我过来看看，罗兰是否愿意让我送她回学校去。"

"那太感谢了，我女儿非常喜欢这部雪橇。"爸说。

"时间已经不早了。天气太冷，我必须给马披个毯子。我等一下再过来。"

"我会转告她的。"爸回答说，然后关上了门，铃铛的声音渐行渐远，"怎么样，罗兰？"

"坐雪橇真的挺好玩儿。"罗兰说。她麻利地系好兜帽，穿上外套。铃声又清晰地传来，她都没时间跟大家道别。

"别忘了带上书包！"妈说。罗兰转身去拿。

"谢谢你，妈。再见！"罗兰一边说着，一边出门，朝雪橇走去。阿曼乐扶着她坐上雪橇，用袍子把她包裹起来。王子和贵妃立刻开始小跑起来，铃铛声就像美妙的乐音。罗兰回学校去了。

第五章
坚定沉着

接下来的这个星期，一切都不顺心，始终没有一件事情能让罗兰的精神振作起来。

天气阴沉沉的，灰暗的云层低垂下来，紧紧压在灰白色的草原上。风单调地刮着，空气寒冷而潮湿。火炉中冒着阵阵的黑烟。

布鲁斯特太太懒得做家务，就连布鲁斯特先生踩进屋里的雪她也懒得打扫。那些冰雪融化后，整个炉灶旁边的灰烬都变成了泥。她也不整理床铺，不叠被子。她每天煮两次土豆和咸肉，煮好了往桌上一放就不管了。她整天坐在摇椅里，一声也不吭。她甚至连头发都懒得梳了。罗兰感觉强尼似乎整个星期都在发脾气，不停地吵闹。

有一次罗兰打算和他玩，可是他一个劲儿地打她，布鲁斯特太太生气地喊道："别管他！"

吃过晚饭后，强尼坐在他爸爸的腿上睡着了，而布鲁斯特先生也呆呆地坐着。布鲁斯特太太一天都沉着脸，布鲁斯特先生就像是一根木头，整间屋子都十分压抑。

这种沉默让罗兰根本没法静下心来看书。等上床睡觉后，布鲁斯特太太立刻又和布鲁斯特先生吵闹起来，嚷嚷着要回东部去。

不管怎样，罗兰都无法专心学习了。她总是担心自己会落下学校的功课。可不管她怎样努力改善，情况却似乎越来越糟糕。

这一切从星期一早上就开始了。汤米把拼字课上学的东西忘得一干二净，他说，鲁比不愿意给他看拼字课本。

"为什么呢，鲁比？"罗兰惊讶地问。想不到一向乖巧的小鲁比大发脾气，和汤米打了起来，这让罗兰目瞪口呆，甚至都来不及阻止。

罗兰严厉地制止了他们。她走到汤米的座位旁，把拼字课本递给他。"现在你重新学这一课，"她说，"待会儿下课休息时，你背给我听。"

到了第二天，鲁比也不会她的功课。她站在罗兰面前，把手背在背后，无辜得像只小猫，她说："我没办法学习呀，老师，您把拼字课本给了汤米。"

罗兰还记得爸的教诲，做事要沉稳，想清楚再做，于是她从一数到十，这才说："我确实把书给汤米了。好吧，你和汤米坐在一起，共同学习。"

他们俩并没有学到相同的地方。虽然如此，两个人还是可以看一本书的不同位置，他们把中间的书页竖起来，汤米侧着脸看他要学习的这一页，而鲁比也侧着脸看她要学习的那一页。罗兰和玛丽以前就是这样的，拿着妈的拼字课本学习各自的课程。

可是汤米和鲁比却不愿意这样做。他们都静静地坐在那里，然后吵着要看自己学习的部分。罗兰一再严厉警告他们："汤米！鲁比！"但是两个人还是没有停下来。

玛莎做不出算术题目。查尔斯望着窗外发呆，外面什么也没有，只有灰蒙蒙的天空。罗兰提醒他要集中精力看书，他就茫然地盯着课本。罗兰知道他根本就没有看书。

罗兰个子太小了。当玛莎、查尔斯和克拉伦斯站在她面前背诵时，她就有种被压倒的感觉。虽然她已经尽全力了，可还是不能提高他们对地理课和历史课的兴趣。

星期一这天提问时，克拉伦斯学习了一些历史，也好像有所领悟，但是罗兰问他弗吉尼亚州是在什么时候形成殖民地的，他却漫不经心地说他没有学习这部分。

"为什么没有学习呢？"罗兰问。

"那一课的内容太长了。"克拉伦斯回答道。他眯着眼睛，仿佛是在问："你能把我怎么样呢？"

罗兰感到很愤怒，可是，当她同克拉伦斯的目光相接触时，她心里明白了，克拉伦斯就是希望她发脾气。她现在应该怎么做呢？她无法惩罚他，他长得太高大了。她绝对不能把自己的愤怒写在脸上。

于是她保持了沉默，翻着历史书。她现在内心真是怒火冲天，但她不能让克拉伦斯知道。最后，她说："你没学这一课实在太遗憾了，因为这样就无法学习下一章，我们不能让查尔斯和玛莎停下来等着你。"

她接着听查尔斯和玛莎背书，然后给他们布置了新的内容。

第二天，克拉伦斯的历史课还是一问三不知。"学那么长的课文根本没什么用。"他说。

"要是你不学，克拉伦斯，你就是一个失败者。"罗兰对他说。她不断向他提问，希望他在回答了很多次"我不知道"后会感到羞愧，可是他一点儿没感觉。

一天又一天地过去，强烈的挫败感让罗兰非常难过。她开始觉得自己确实不适合教书。她的第一次教书经历注定会失败，她也拿不到从业执照了。她挣不到钱，玛丽就不得不离开盲人学校，这一切都是她的错。虽然她努力学习，不仅晚上要学习，就连中午和课间休息都利用起来了，可她还是觉得等到回到镇上的时候，她会落在她们班的进度之后了。

所有的麻烦都是克拉伦斯惹出来的。他是鲁比和汤米的大哥，他就是榜样。他可以把功课学好，因为他比玛莎和查尔斯要聪明得多。她多么希望克拉伦斯能给他的弟弟妹妹们树立一个好榜样。

这个星期终于过去了，这是罗兰生平所经历的最漫长、最糟糕的一个星期。

星期四这天，罗兰说："第三册算术班，起立！"克拉伦斯立刻站立起来，查尔斯也跟着站起来，可玛莎刚站起来一半就大叫一声，然后跌坐下去。

原来是克拉伦斯用刀子把玛莎的辫子钉在了桌子上。他不动声色地做着坏事，所以玛莎毫无感觉，直到站起来时才发现。

"克拉伦斯！"罗兰呵斥道。克拉伦斯嘻嘻地笑个不停，汤米也在大笑，鲁比也偷偷笑着，就连查尔斯也咧嘴笑起来。玛莎满脸通红，泪水在眼眶里打转。

罗兰彻底绝望了，他们全都在同她作对，她却没办法管束他们。唉，他们怎么这么坏啊！罗兰突然想起了怀德小姐，她也在镇上的学校遭遇过这种事件。"她当时的感觉肯定跟我现在一样。"罗兰想。

突然，罗兰愤怒地将桌子上的小刀拔出来，咄咄逼人地走到克拉伦斯面前。当他们面对面的时候，罗兰忘记了自己的矮小。"真替你害臊！"她大叫道。克拉伦斯再也笑不出来了，所有的人都安静了下来。

罗兰大步回到自己的桌子前，敲着桌子说："第三册算术班，起立！到前面来！"

学生们对于这新的一课什么也不懂，可至少他们装出了一副努力算题的模样。罗兰觉得自己一下子变得高大无比了，而这些学生变得很温顺。最后，她说："你们要好好复习今天的功课。放学！"

罗兰朝着布鲁斯特太太家那个可恶的房子走去，感到头痛难忍。她不能整天都这样发脾气，如果学生都不好好学习，惩罚又有什么用呢？鲁比和汤米的拼字落后了一大截，玛莎不会分析简单的复合句语法，也不会做分数的加减法。而克拉伦斯对历史一窍不通。罗兰只希望明天一切都会好起来。

星期五风平浪静。所有的人都无精打采。大家都在期盼着这个星期快点儿结束，罗兰也一样。时间从未这么难熬过。

到了下午，云层开始散去，天色变得明亮起来。快四点的时候，罗兰看到覆盖着白雪的大草原上，远远地有一道白色的光往这边走来了，随即听到了铃铛的声音。

"你们可以把书本收起来了。"罗兰说，这个噩梦般的星期终于结束，再也不会出什么意外了，"放学。"

美妙的雪橇铃声越来越响亮，越来越清晰。当罗兰扣上外套，系好兜帽时，王子和贵妃拉着的雪橇刚好经过窗外。她正要从教室中出去的时候，一件糟糕透顶的事情发生了。

冲出去的克拉伦斯打开门，把头伸进来，大声叫喊道："老师的男朋友来啦！"

阿曼乐一定也听到这句话了。他不可能听不到的，罗兰不知道自己该怎么面对他。自己该说些什么呢？她怎么才能澄清克拉伦斯这样说完全是胡闹呢？

阿曼乐站立在寒风中，静静地等候着她，马也没有披毯子，她不出去不行了。阿曼乐好像在冲她微笑，可是她根本不敢正眼看他。他帮罗兰盖上毯子，问道："暖和吗？"

"很暖和，谢谢你。"她回答。马轻快地跑起来，铃铛又开始叮叮当当地响起来。罗兰默默决定，对于刚才的事还是不提为好。因为妈曾告诫她："言多必失"。

第六章

管理之道

这天晚上，听了爸演奏小提琴后，罗兰一下感觉好多了。她想，两个星期已经过去了，还剩下六个星期。她只能坚持下去。这时音乐停了，爸问："怎么啦，罗兰？想不想说出来，让自己轻松一些？"

她本来不想让大家为她担忧，不谈那些不愉快的事情，但这次她还是说了："爸，我真不知道我该怎么办！"

她把这个星期在学校发生的不愉快的事情全都讲了出来。"我该怎么办呀？"她问道，"我必须改变现状，绝不能失败。但是如果像现在这样拖下去，我必将失败。要是我个子再高一些，能够鞭打克拉伦斯一顿就好了。但是现在我做不到啊。"

"你可以让布鲁斯特先生帮忙，"卡琳建议，"他能让克拉伦斯老实一点儿的。"

"不行，卡琳，"罗兰说，"这样做就是在告诉学校董事会我没法管理学生了。不，我绝不会那样做的。"

"这一点你就说对了，罗兰！"爸说，"关键就是这个词：'管理'。即使你身强力壮，可以狠狠揍克拉伦斯一顿，让他受到应有的惩罚，可是，你却不能让他从此就变好了。暴力是解决不了问题的。就像《独立宣言》所说的那样，人人生来平等。你可以牵着马到水边去，但是你却不能强迫它喝水。因此你要想一个能够'管理'他的办法。"

"爸，我明白了，"罗兰说，"可是，我该怎么管理呢？"

"首先，你得有耐心，要尽量站在他的角度看待问题，不要强迫他做什么事情，因为你也强迫不了他。在我听来，他并不是那种很坏的孩子。"

"对，他并不坏，"罗兰同意爸的看法，"可我还是不知道该怎么去管理他。"

"如果我是你，"妈轻声说，"我会对克拉伦斯不理不睬，他捣乱的原因，就是希望你关注他。你要温和地对待他，但注意力不要放在他的身上。你要对其他同学关爱有加，承认他们在功课上的进步。这样，克拉伦斯就会慢慢转变过来的。"

"不错，罗兰，就听你妈的话，"爸说，"你妈真是冰雪聪明啊！"

"查尔斯，别胡说。"妈说。爸拿起他的小提琴，对着妈，快乐地边拉边唱：

你能做樱桃派吗？

比利小子呀，比利小子。

女孩会做樱桃派吗，

帅气的比利呀！

星期日下午，雪橇又像一只箭一样在雪上飞驰。阿曼乐说："回家过周末总会让你精神振作起来。我觉得你在布鲁斯特学校过得不太如意呀。"

"因为这是我第一次教书，而且我以前从来没有离开过家，"罗兰说，"我很想家。我真感激你赶这么远的路来接送我。"

"我很高兴这么做。"他说。

罗兰想他这么说可能只是出于礼貌。因为在这么冷的天气，驾着雪橇赶这么远的路，在罗兰看来，实在没什么值得高兴的。一路上他们几乎都没说话，这是因为天气太冷了，而且罗兰也不知道如何与阿曼乐聊天。她面对陌生人的时候，一向都想不出该说什么话。

马跑得浑身发热的时候，是绝对不能在寒风中站着不动的，所以当他们到了布鲁斯特家门口时，阿曼乐只停留了片刻，他用戴着手套的手抬了一下帽子，然后在铃铛响起的声音中对罗兰大声说："星期五再见！"

罗兰感到有些内疚。她没想到，阿曼乐会每个星期都跑这么远来接送她。她希望阿曼乐不要误以为她期盼着这一切。但是……或许，阿曼乐可以当她的男朋友吗？

对于布鲁斯特先生一家的令人窒息的生活状态，罗兰差不多已经习惯了。她所能做的就是尽量不去理会它。她每天晚上都在学习，一直学到上床睡觉为止。早晨，她就很快地收拾自己的床铺，随便吃点儿早餐，洗了盘子，逃离似的奔向学校。现在，只剩下六个星期了。

星期一的早晨，就如同上星期五结束时一样让人郁郁寡欢，但是罗兰决心要改变这一切。

当汤米读完了他的阅读课本后，罗兰微笑着对他说："你的阅读水平有进步了，汤米。你应该赢得一个奖励，你愿意把你拼写的课文抄写在黑板上吗？"

汤米露出了笑容。于是，罗兰把拼写课本和一支新的粉笔交给他。他在黑板上抄写完课文后，罗兰表扬他的字写得不错，让他学习黑板上的拼写，然后把拼写课本递给鲁比。

"你的阅读也很棒呀，"她对鲁比说，"那么明天，你是不是也愿意把你的拼写课文抄写在黑板上？"

"是的，愿意，老师！"鲁比迫不及待地回答。罗兰心想：看，成功了！

这时，克拉伦斯显得烦躁不安，他一会儿把书弄掉到地上，一会儿去扯玛莎的头发，不过罗兰牢记妈的建议，根本不正眼看他一下。

可怜的玛莎并不懂文法，她被复杂的单句和复合句完全搞糊涂了，而且不想再学了。她的回答很简单，总是说："我不知道，我不知道。"

"我觉得你必须把这一课再学一遍，玛莎。"罗兰这样说，她带着鼓励的口气继续说下去，"我自己也要再看一遍，才能跟上我在镇上学校里同学的进度。当然，语法是很难的。如果你愿意的话，我们可以在中午休息的时候一起学习，你愿意吗？"

"我愿意。"玛莎回答。

于是，在中午吃过午餐后，罗兰拿出她的语法书，说道："玛莎，准备好了吗？"玛莎对她笑了。

克拉伦斯问："你把所有的时间都利用起来学习，就是为了要跟上你在镇上学校里的同学呀？"

"是的，我每个晚上都在学习，在这里我也必须要学习。"罗兰回答着从他身边经过。克拉伦斯吹了一声口哨，罗兰还是没有理会他。

罗兰和玛莎一起在黑板上做练习，最后，玛莎居然能够独立分析一个复杂的复合句了。玛莎说："我懂了！从今以后，我再也不用害怕学习语法啦！"

这大概就是玛莎学习的症结所在，罗兰想。玛莎对语法怕得要命，所以她总是学不会。但现在，这样看似巨大的困难都已经迎刃而解了。

"不用害怕上语法课！"罗兰说，"只要你愿意，我很乐意和你一起解决问题。"

玛莎棕色的眼眸含着笑意，有那么一瞬间，罗兰觉得玛莎的眼神和艾达的一模一样。"我会继续努力的，谢谢你。"罗兰真希望自己不是老师，她和玛莎同龄，本来她们是可以成为好朋友的。

对于克拉伦斯的历史课问题，罗兰已经想好了对策。他的进度远远落在了查尔斯和玛莎后面，不过，罗兰并没有问那些他无法回答的问题，而是在布置家庭作业的时候，故意说："克拉伦斯，这个内容不是布置给你的，因为它对你来说太长了。让我看看，你落后多少页？"

克拉伦斯指给她看了，她说："你觉得你能学习多少页？三页是不是太多了？"

"不多。"他说。除此之外，他没说什么，也没争论什么。

"那么，我们就放学吧。"罗兰说。她很想知道克拉伦斯会怎么做。到目前为止，爸和妈的建议都很有效，但是这对克拉伦斯会起作用吗？

第二天，罗兰没有问克拉伦斯太多的问题，不过看得出，他把那三页的知识背得滚瓜烂熟。查尔斯和玛莎现在比他多学了九页。罗兰又给他们布置了七页的作业，然后对克拉伦斯说："再学三页多不多？要是你愿意的话，可以再学三页。"

"我可以完成的。"克拉伦斯说，这一次，他看着罗兰，脸上挂着友善的微笑。

罗兰太惊讶了，她差一点儿就跟克拉伦斯一起笑起来。不过她很快说道："要是你觉得太长了，还可以少学点儿。"

"我会学好的。"克拉伦斯又说了一遍。

"很好，"罗兰说，"放学。"

罗兰已经逐渐适应了每天的生活模式。在寒冷的早晨起床，默默地吃完早餐，然后走进教室，接着让学生们按顺序到前面来提问，作为复习。然后她开始上课，上课分为四节。上完课以后，在寒风中走回布鲁斯特家，吃完那顿毫无乐趣的晚餐，然后开始晚上的学习，最后回到那个窄窄的沙发上睡觉。布鲁斯特太太总是阴沉着脸，但是她现在很少跟布鲁斯特先生吵架了。

一转眼就又到了星期五。历史课上，罗兰请这个班的三个学生到前面来背诵，克拉伦斯说："你可以听听我的背诵，我能把玛莎和查尔斯学到的内容都背下来，而且已经可以超过他们了。"

罗兰很惊讶，问："你怎么做到的呢，克拉伦斯？"

"老师，你能在晚上学习，我也能做到。"克拉伦斯说。罗兰对着他微笑着。如果她不是老师的话，她甚至会很喜欢克拉伦斯的。克拉伦斯的眼睛和爸一样是迷人的蓝色，看着闪闪发亮。但可惜，现在她是一名教师。

"非常好，"她说，"现在你们三个人可以一起继续往下学习了。"

四点整，雪橇铃声准时响了起来，克拉伦斯大声地说："老师的男朋友来啦！"

罗兰的脸颊红得发烫，她故作镇定地说："你们把书收好，放学了。"

罗兰很害怕克拉伦斯又叫嚷起来，但是他没有，他带着汤米和鲁比回家去了。罗兰关好了教室的门，和往常一样，阿曼乐扶她坐上雪橇，盖好毛毯，两匹马跑了起来……

第七章

黑暗中的一把刀子

第三个星期过去了，接着，第四个星期也过去了。现在还剩下四个星期的时间了。虽然每天早晨罗兰依然会为这一天的学校生活感到焦虑，但是比起待在布鲁斯特先生的家里要好多了。到了下午四点放学的时候，她会长长地舒一口气，庆祝又一天过去了。

暴风雪还没有来，不过二月的天气异常寒冷，寒风像刀子一样刮在脸上。每到星期五和星期日，阿曼乐就会驾着雪橇在冰天雪地中来往接送罗兰。如果不是期待着每个星期五可以回家，罗兰真不知道该怎么熬过周末的两天时间。不过她对阿曼乐很愧疚，他在天寒地冻中来回接送她，却一无所求。

罗兰每周都急切地想回家去，但她又不想因为一己私念总是麻烦人家。她跟着阿曼乐走，仅仅是为了回家去，可是阿曼乐似乎并不明白这一点。也许，他是希望接她回家，然后让她跟着自己坐雪橇出去玩。罗兰不想欠他的人情，到时候又要跟他出去。她觉得自己必须要向阿曼乐解释清楚，可是她又不知道该怎么开口。

回到家里，妈看到罗兰瘦了，感到很担心。"你在布鲁斯特先生家真的吃饱了吗？"妈问道。

"吃得很饱，有很多吃的！不过味道没有家里的好。"

爸说："你知道的，罗兰，并没有谁要求你必须教满这个学期。如果有什么事情让你非常烦恼，你随时都可以回家来。"

"爸！"罗兰说，"我不能半途而废呀，要不然就无法得到教师执照。何况现在只剩下三个星期了。"

"你每天不要用功太久，看起来你总是睡不好。"

"我每天晚上八点就睡觉了。"罗兰说。

"好吧，坚持一下吧，反正只剩下三个星期了。"妈说。

没有人知道，她是多么害怕回到布鲁斯特先生家去。她想，告诉他们也无济于事。每逢周末可以回家休息，她的精神就会重新振作起来，满怀信心地去面对下一个星期。但是，她总觉得有些对不起阿曼乐。

那个星期日下午，阿曼乐又驾着雪橇送罗兰回布鲁斯特先生家去。在长长的旅途中，他们很少说话，因为天气太冷了，冷得让人不想开口了。在刺骨的寒风中，雪橇的铃铛不断作响，雪橇一路疾驰，他们甚至可以感觉到背后的北风。但是，阿曼乐回镇里时，却要一路顶着这股刺骨的北风。

离布鲁斯特先生家的小屋已经不远了，罗兰告诉自己："不要再犹豫了！"于是，她说道："我跟你在一起走，只是因为我一心想回家。等我教完这个学期回到家以后，就不可能再和你出来了。所以，如果你不想再冒着严寒赶这么远的路，你完全可以不来。"

等她把这些话说完，她自己都觉得有些心寒。这么说真的很无理，又很没人情味。与此同时，她也能想到，假如阿曼乐不再来接她意味着什么，那她就不得不待在这里，和布鲁斯特太太一起度过整个周末了。

阿曼乐十分惊讶，他沉默了一会儿，慢慢说道："我知道了。"

没有时间再说些别的什么了。他们已经来到了布鲁斯特先生家的门口，马不能在寒风中站久了。罗兰赶快下了雪橇，说："谢谢你。"阿曼乐用手碰了碰毛皮帽子，然后驾着雪橇飞驰而去。

"只剩下三个星期了。"罗兰自言自语。可是她的心还是不由自主地沉了下去。

在整整一个星期里，天气越来越寒冷。星期四的早晨，罗兰一睡醒，感到自己的鼻子周围呼吸都结冰了。她的手指头也被冻僵了，几乎穿不上衣服。隔壁的火炉盖子烧得通红，但是热气却无法向四周扩散，进入罗兰的那个房间。

罗兰把她冻僵的手伸到火炉上去烘烤。这时候，布鲁斯特先生冲进屋子，慌慌张张地拔掉了自己的靴子，开始拼命揉搓他的脚。布鲁斯特太太赶快来到他的身边。

"你怎么啦？"她显得非常焦虑，这让罗兰觉得很惊讶。

"我的脚，"布鲁斯特先生说，"我从学校一路跑回来，可是我的脚却一点儿感觉也没有了！"

"让我帮你搓。"布鲁斯特太太说。她把布鲁斯特先生的脚放在自己的膝盖上，帮他揉搓着双脚，看她那温柔体贴的样子，跟平时真的判若两人。

"路易斯，这个地方真可怕呀！"她说，"我弄痛你了吗？"

"继续搓，"布鲁斯特先生低声说，"有点儿感觉了，说明血已经流动了。"

当冻伤的腿逐渐好转的时候，布鲁斯特先生对罗兰说："今天就不要去学校了，你会被冻僵的。"

罗兰说："可是孩子们会去学校的，我必须去。"

"我想他们不会去的，"布鲁斯特先生说，"我在学校生了火，如果他们到了学校,可以烤过火以后再回去。今天就不要上课了。"

就这样决定了,因为教师必须听从校长的安排。

这一天既漫长又糟糕。布鲁斯特太太一直紧靠着火炉坐着,脸色阴沉,一言不发。布鲁斯特的脚还很痛,强尼得了重感冒,不停地哭闹。罗兰把碗盘洗干净,整理了床铺,然后开始学习。每当她想开口说点儿什么,布鲁斯特太太就板起面孔,给人一种拒人千里之外的感觉。

终于挨到晚上睡觉的时间。罗兰默默祈祷明天能到学校去,就不必再和布鲁斯特太太待在一起了。这会儿,她只希望通过入睡来逃避眼前的一切。因为房间里实在太冷了,罗兰的手被冻僵了,几乎连衣服都脱不下来。她一直冷得无法入睡,不过在被子里待了一段时间以后,身体就逐渐暖和起来。

这时外面发出一声尖叫,把她吓醒了。布鲁斯特太太尖叫着:"你踢我!"

"我没有,"布鲁斯特先生说,"要是你不把的刀收起来,我真的就要踢你了!"

罗兰坐了起来。月光透过窗户,照在她的床上。布鲁斯特太太又尖叫起来,罗兰感觉头皮一阵阵发麻。

"把刀放回厨房去。"布鲁斯特先生说。

罗兰从布帘的缝隙中偷偷向另一个房间看去。月光透过印花布帘,能够稍微照亮房间。罗兰能看见布鲁斯特太太站在房间中央,她身上长长的白色法兰绒睡袍拖在地板上,黑色的长发披散着,她手上拿着一把切肉刀,高举过头顶。这可把罗兰吓坏了,她有生以来第一次看到这么恐怖的场景。

"我要回到东部去!"布鲁斯特太太说。

"你先把刀放回去。"布鲁斯特先生说。他躺着一动也没动,不过似乎准备随时跳起来。

"你到底愿不愿意？"

"你会冻死的，"布鲁斯特先生说，"三更半夜的，我不想再谈这事了。我要养活你和强尼，可我只有这片土地。把刀子放回去，赶快上床睡觉，否则你会冻僵的。"

这时，布鲁斯特太太拿着刀子的那只手有些颤抖。

"回去！把刀放回去！"布鲁斯特先生命令道。

这时，布鲁斯特太太叹了一口气，转身到厨房去了。一直等到布鲁斯特太太回来以后，罗兰才敢把布帘子拉上。但是，她还在凝视着布帘子。她吓坏了，不敢睡觉。她担心睁开眼睛的时候看到布鲁斯特太太正拿着刀站在她的面前。要知道，布鲁斯特太太一向不喜欢她。

罗兰该怎么做呢？离这里最近的一家人也在一英里之外，她要是在这么冷的天气里跑过去，肯定会被冻死的。罗兰一点儿睡意也没有，两眼直直地盯着布帘，仔细听着那边的动静，可是她的耳边只有风声。等到月亮落下，太阳升起，罗兰都一直凝视着那片黑暗。当她听见布鲁斯特先生在生火，布鲁斯特太太开始做早餐了，她赶紧起床，穿好衣服。

一切都跟往日一样，早餐还是那样沉闷。罗兰吃完就匆匆赶往学校。她觉得这一天待在学校更安全一些。而且，今天是星期五。

冷风呼啸着，还没有下暴风雪。寒气从四面八方涌进来，再大的火炉似乎也不会让人感到身上有多暖和。

罗兰开始上课。虽然她离火炉很近，可是她的脚还是冻僵了，手指连粉笔也拿不住。她知道学生们这会儿应该更冷。

"大家把外套穿上吧，"她说，"都坐到火炉这边来，我们忍耐着严寒好好学习吧。"

整整一天，寒风从草原上肆无忌惮地扫过，又穿过教室木板墙的缝隙刮进了教室里，水桶里结了厚厚的冰。到了中午，大家先把午餐桶放在炉子上，把结了冰的食物热好了再吃。风越来越冷，寒气逼人。

罗兰看到每个学生都很用功，没有人偷懒或者捣蛋，对于她的提问也能够流利地回答，这让她感到十分欣慰。查尔斯和克拉伦斯轮流到屋外去取煤炭，添在火炉里。

罗兰很害怕白天结束，因为昨天晚上没睡好的缘故，她现在觉得很困倦，可是她害怕在布鲁斯特太太家睡觉。明天和星期日都得和布鲁斯特太太共度，而布鲁斯特先生大多数时候都在马厩里忙碌着。

罗兰知道自己绝不能害怕。爸总是告诉她，不管遇到什么事情，都要勇敢。她并不是真的害怕布鲁斯特太太，因为她知道自己强壮得像一匹法国小马。可是一旦睡着了情形就不一样了。她从来没有像现在这么渴望回家去。

罗兰上一次对阿曼乐说的是真心话，但是她真希望自己没有那么早说出来。当然，不管怎样他也不可能在这么严寒的天气里来接她的。风势越来越猛烈，气温越来越低。

三点半的时候，他们都冻得受不了，罗兰打算提前放学。查尔斯和玛莎必须走一英里的路，这让罗兰很担心。可是另一方面，她又实在不想减少学生们的学习时间。

突然，她听到了雪橇的铃声。是他来了！转眼间，王子和贵妃就来到了教室门口。当它们经过窗边时，克拉伦斯大叫道："那个阿曼乐真是个大傻瓜，比我想象的还要傻，这种鬼天气他竟然还要跑过来！"

"大家可以把书收起来了。天气越来越冷了，大家越早到家越好，"罗兰说，"放学！"

第八章
寒冷之旅

"小心那盏灯。"阿曼乐把罗兰扶上雪橇时只说了这么一句话。原来在雪橇里脚部的位置放置着一盏点燃的油灯，那是用来给罗兰暖脚的。

当他们经过布鲁斯特家时，罗兰跑进屋子去，布鲁斯特先生说："你是打算在这么冷的天气里回家吗？"

"是的。"罗兰回答。她不能浪费时间，赶紧跑进卧室，加了一条裙子，然后蒙上了一条厚面纱。把围巾在脖子上缠绕了两圈之后，又把剩下的部分固定好，最后在外面罩上大衣，把扣子全部扣好，这才冲着雪橇跑去。

布鲁斯特先生一直在劝说阿曼乐。"你们不要做这种傻事！这太危险了，你留在这里过夜吧。"

"你觉得呢，最好还是别冒险了吧？"阿曼乐问她。

"你要回去吗？"罗兰问。

"我得回去，我要照料牲口。"他说。

"那我也回去。"她说。

王子和贵妃迅速冲进狂风中。寒风一下子穿透了厚厚的面纱和围巾，让罗兰喘不过气来。她深深地埋着头，但是雪还是会飘到她的脸上。她咬紧牙关，免得牙齿打战。

马一直向前跑，它们的马蹄就像鼓槌一样在敲打着冰冻的地面，雪橇的铃铛也不断发出叮当的声音。罗兰很感激这两匹马可以跑得这么快，他们很快就会到家，摆脱这冰天雪地了。可是不久，马匹的速度慢了下来，罗兰有些失望。到后来，它们开始一步一步向前走，最后停了下来。罗兰知道是阿曼乐想让它们歇一歇，也许马迎着刺骨的寒风不能跑得太急了。

接着，阿曼乐停下了马，走下雪橇。罗兰感到很奇怪。她透过黑色的面纱，看到阿曼乐走到马的头部，用戴着手套的手按住了王子的鼻子，然后对贵妃说，说："等一下，贵妃。"过了一会儿，他刮了一下，然后把手拿开了。紧接着王子突然将头抬高，把雪橇铃铛摇得叮当响。阿曼乐很快在贵妃的鼻子上也做了同样的动作，贵妃顿时也昂起了头。阿曼乐又上了雪橇，把毛毯盖好，马又开始飞奔起来。

罗兰的围巾上满是冰霜，就是想说话都不可能，所以她什么也没有说。阿曼乐的毛皮帽子拉得很低，盖在了眉毛上面，围巾把他眼睛以下的部分全部遮住了。他呼出的热气在皮帽子与围巾的边缘结成了一层白蒙蒙的冰。他用一只手驾着雪橇，另一只手放在毛毯下面，并不时地交换着手以免冻僵。

马的步伐又慢了下来，阿曼乐又走下雪橇，把手放在它们的鼻子上。当他走回雪橇时，罗兰问他："怎么了？"

他说："它们呼出的气结成了冰，把鼻子封起来了，这样它们就没法呼吸。我必须把冰弄掉。"

他们没再说什么。罗兰想起了那个漫长的冬季，在那年十月暴风雪里，牛群的鼻子被冰冻住了，完全无法呼吸，要不是爸把牛鼻子上的冰敲掉的话，那些牛早就死了。

刺骨的寒风透过了盖在身上的野牛皮，钻进了罗兰的大衣和裙子里，又从她的衬裙和两层毛袜子下面不断往上爬。尽管那盏油灯散发出了一些热气，可是罗兰仍然感觉到冷，紧紧地咬住牙齿，头也开始疼起来。

阿曼乐伸手把毛毯拉高，盖住了罗兰的上半身，再把它塞紧。

"冷吗？"他问。

"不太冷。"但罗兰的牙齿一直在打战，所以她只能说出这几个字来。但这肯定不是真话，阿曼乐明白她是说还没有冷到无法忍受的地步。现在也没有别的办法，唯一能做的就是一直向前走。罗兰知道，他也冻坏了。

阿曼乐又把马勒停，走下雪橇去把马鼻子上的冰块弄掉。接着铃铛声又欢快地响了起来。可是现在，在罗兰听起来，这铃声与无情的狂风一样，听上去有些残酷。罗兰戴着面纱，所以她的视线不是很好。不过她还是能看到太阳照在白色的大草原上闪闪发亮。

"你还好吗？"阿曼乐问。

"是的。"

"每跑上两英里，我就得停一下，它们不能坚持得太久。"阿曼乐解释。

罗兰听到这话，感到很沮丧。也就是说他们才跑了六英里的路程，还有六英里才能到家。不管罗兰怎么保暖，浑身还是抖个不停。她紧紧并拢着双膝，但还是忍不住颤抖。那盏放在脚下的油灯好像一点儿用处也没有。她的太阳穴如同针扎般疼痛，就连肚子也像被勒紧了一样，痛得厉害。

似乎又过了很久，马又一次慢下来，阿曼乐让它们停了下来。不久铃声又响起来，先是王子的，然后是贵妃的。阿曼乐行动笨拙地回到雪橇上。

"你还撑得住吗？"他问。

"能。"罗兰回答。

罗兰渐渐适应了寒冷，只是肚子有被勒紧的感觉，但是疼痛也减轻了一些。风声、铃声和雪橇滑过雪地的声音，混杂成一种单调而重复的噪音。当阿曼乐又跳下雪橇去刮马鼻子上的冰块时，罗兰感觉仿佛是在梦里一样。

"你真的还好吗？"阿曼乐问。罗兰点点头，没有出声。说话太费劲了。

"罗兰！"阿曼乐抓住她的肩膀，轻轻地摇晃了几下，这样的摇晃让罗兰觉得有些疼。她再次感受到了寒冷。

"你想睡觉了？"

"有一点儿。"罗兰回答说。

"不要睡！你听见了吗？"

"我不会的。"她说。她知道他的意思。如果在这么冷的天气里睡着了，那就会被冻死的。

马又停了一次。阿曼乐问："现在好些了吗？"

"好。"她说。阿曼乐下去清理马的鼻子，回来后说："现在已经不远了。"

罗兰知道阿曼乐想让她回答，于是说："太好了。"

虽然她一直努力睁大眼睛，摇晃着头，再做个深呼吸，极力让自己保持清醒，可是睡意还是一波又一波地袭来。每当她疲惫得准备放弃时，阿曼乐的声音就起了很大的作用。

"你还撑得住吗？"

"能。"罗兰说。她因此会清醒一会儿，能听见雪橇的铃声，也能感觉到风在呼呼地吹。接着，又一波睡意袭来。

"到了！"罗兰听见阿曼乐说。

"谢谢你！"罗兰迷迷糊糊地回答。下一刻才突然意识到，他们已经到了家门前了。这里的风没有那么强劲，因为街道上的建筑物减慢了风速。阿曼乐掀开毛毯，想不到罗兰的身体已经冻僵了，无法从雪橇上站立起来。

这时，家门突然被打开了，妈冲出来紧紧抱着她，大声叫起来："我的天啊！你冻僵了吗？"

"她冻得非常严重！"阿曼乐说。

"赶快把马赶到马厩去，别让它们冻坏了，"爸说，"我们会照顾她的。"

雪橇铃声飞快远去，爸和妈搀着罗兰走进厨房。

"把她的鞋子脱掉，卡琳。"妈说着，解下罗兰的头巾。因为呼吸结冰，围巾和头巾都十分僵硬，一下子就拿了下来。

"你的脸色还很红润，"妈松了一口气，"真是谢天谢地，脸还没有冻伤。"

"我只是被冻得失去了知觉。"罗兰说。她的脚没有冻伤，不过她几乎感觉不到爸在按摩。虽然她已经回到了暖和的家，但是从头到脚都在不断地打哆嗦，牙齿也在上下打架。她挨着火炉坐下，喝着妈为她熬制的姜汤，可是她仍然没有暖和起来。

她被冻的时间太长了，从这天早上就开始了。在布鲁斯特家的厨房里，她坐的位子离火炉最远，离窗户最近。吃完早餐后，她一路上迎着寒风走到学校，在教室里度过漫长的一天，接着又坐着雪橇在寒风中赶了很远的路回到家。但是她并没有抱怨什么，因为她已经回到家了。

"你这样做太冒险了，罗兰，"爸严肃地说，"我起初并不知道阿曼乐要去接你，直到他出发后我才知道。不过我想他一定会在布鲁斯特家留宿的。当他出发时，气温已经是零下四十摄氏度了，后来气温还在不断下降，现在都不知道下降到多少度！"

"幸好一路顺利，爸。"罗兰虚弱地笑着回答。

她觉得自己好像永远也暖和不起来了。不过，能开开心心地在家里和家人一起吃晚餐，又能回到自己的床上舒舒服服地睡觉，这已经太幸福了。等她一觉醒来时，天气已经好转。吃早饭的时候，爸说气温已经回升到零下三十摄氏度左右。最冷的时候过去了。

这个星期日的早晨，当罗兰在教堂里时，她想到自己还这么紧张不安真的很好笑。只剩下两个星期她就可以回家了。

吃过午饭，当阿曼乐赶着雪橇送她回布鲁斯特家的时候，她向阿曼乐表示了感激，感谢他上周送自己回家。

"不用谢，"阿曼乐说，"你知道我会来接你的。"

"不，我不知道。"她很坦白地说。

"你把我当成什么人了？"他问道，"我怎么可能明知你非常想家，还把你一个人丢在布鲁斯特家，不去接你，就只因为对我没有好处吗？"

"我……"罗兰无言以对。事实上，她从来没有好好想过，阿曼乐到底是什么样的人。她仅仅知道，他比自己大得多，是个农场主。

"跟你说实话吧，"他说，"那天要不要冒险跑一趟，我其实也是左右为难。我每周五都去接你，但我看到温度计的时候，差一点儿就想放弃了。"

"为什么还是来了呢？"罗兰问。

"嗯，当我驾着雪橇出门时，在福勒的店前停了一下，我看到温度计降到了零下四十摄氏度，而且风越来越冷。就在这个时候，凯普进了店铺。他看到我在看温度计，笑着对我说，'上帝讨厌懦夫'。"

"所以你就来了，打算证明你不是懦夫？"罗兰问。

"不，"阿曼乐说，"我只是觉得，他说得很对。"

第九章

上级的视察

"好吧，我必须坚持下去，熬一天算一天。"当罗兰走进布鲁斯特家的时候，心里想着。这里所有的一切还是混乱不堪。布鲁斯特太太沉默不语，强尼总是在哭闹，布鲁斯特先生尽量躲在马厩里。这天晚上，当她开始学习时，她在笔记本上画了四个记号，代表星期一、星期二、星期三、星期四每天抹掉一个记号，等记号全部抹掉，就只剩下一个星期了。

冷空气又来了，天气一天比一天冷，庆幸的是没有下暴风雪。罗兰晚上睡得不踏实，不过每天都还算平静。每天晚上，她都要抹掉一个记号。

星期三晚上，一整夜都有寒风呼啸的声音和冰雪打在窗户上发出声响，罗兰担心第二天无法上课。如果这样，她又得整天和布鲁斯特太太待在一起了，那种日子实在太可怕了。不过第二天一早，阳光还是洒满了大地，只不过没有丝毫暖意。刺骨的寒风刮起积雪，卷过草原。罗兰顶着寒风，艰难地朝学校小屋走去。

雪花从小屋墙壁的缝隙里吹进来，罗兰清扫了积雪后，让学生到火炉边学习。烧得通红的火炉慢慢把教室烘暖和了。等到课间休息的时候，罗兰走到克拉伦斯后面的座位上，在这里呼吸已经看不到白气了。所以她就走回到讲桌前："教室现在已经暖和多了，大家可以回到自己的座位上去。"

大家刚坐下来，外面响起一阵敲门声。会是谁呢？罗兰感到好奇。她跑去开门，当地主管教育的威廉姆斯先生站在那儿。他的马身上盖着毛毡，拴在小屋的角落里。原来是风雪声掩盖了雪橇的马蹄声，而且这匹马没有铃铛。

威廉姆斯先生是来参观罗兰教学的。罗兰很庆幸学生们都回到了自己的座位上，她请威廉姆斯先生到她的椅子上坐下，那张椅子紧挨着火炉，威廉姆斯先生笑了。学生们都埋着头用功学习，不过罗兰感觉到他们很紧张。她自己也很紧张，她甚至有些不能控制自己的声音。

所有的学生都为了她努力地学习着，就连查尔斯也是一样，这让她非常感动。威廉姆斯先生坐在椅子上，听学生们背诵了一段又一段课文。外面的风还在怒吼，雪花也不断地飘进来。

查尔斯举起手，问道："老师，我可以到火炉那边去暖和一下吗？"

罗兰同意了。玛莎也跟着查尔斯走过去，因为他们是共用一本课本，可她忘记了要请求老师批准。当他们烤完火就安静地回到了座位上，不过也没有征得罗兰的同意，罗兰担心威廉姆斯先生会认为她没能让学生有良好的纪律。

快到中午的时候，威廉姆斯先生说他必须走了。罗兰询问他是否愿意给同学们讲讲话。

"是的，我要讲讲。"他回答。他一米八的个子站在罗兰面前让她觉得有压迫感，心跳差一点儿就停止了。她绝望地想，自己是不是做错了什么事情。

威廉姆斯先生的头几乎顶到了天花板，他沉默了一会儿说："各位同学，要记得确保你们的双脚是温暖的。"接着，他对大家笑了笑，然后又跟罗兰热情地握手，之后就走了。

中午，克拉伦斯把煤箱子里的煤炭全都倒进了火炉，然后跑到小屋外面去，冒着严寒把煤箱子装满。他回来的时候说："在天黑之前，我们还要烧更多的煤炭，天气冷得太快啦！"他们都围坐在火炉旁，吃着冷冰冰的午饭。

下午上课时，罗兰让大家都拿着书到火炉旁边来，说："你们可以自由来往于座位和火炉之间，只要你们保持安静就好。"

这个主意非常棒。大家无论是在做功课还是在烤火，教室里都静悄悄的。

第十章
阿曼乐说再见

那个星期六，罗兰回到家里，妈担心地问："你是不是有什么事啊？"她问，"怎么坐在这里昏昏欲睡了，你以前不是这样的呀。"

"我只是有点儿累，没什么，妈。"

爸放下手中的报纸，说："那个克拉伦斯还在给你惹麻烦吗？"

"没有，爸！他表现非常好，他们个个都在努力学习。"但是罗兰没把布鲁斯特太太拿着刀的事情说出来。如果他们知道了，肯定不会让她回去的，可是她必须把这个学期教完，不能中途放弃，更不愿意逃避自己的责任。如果她这么做了，她就不能获得教师执照，也就再也没有学校会雇佣她了。

所以，她对于很多事情才保持着沉默，也不让他们知道她害怕回布鲁斯特太太家。现在，只剩下最后一周的时间了。

星期日下午，天气好转了些。当罗兰和阿曼乐出发的时候，气温是零下十五摄氏度左右。风几乎停了，阳光明媚。

罗兰打破了沉默，说："只剩下一个星期了，我真高兴这样的日子就要结束了。"

"可是到时候你就不能坐雪橇了。"

"今天坐雪橇真的很舒服,"罗兰说,"但是最近寒冷的天气比较多,我想你也会高兴不必再驾着雪橇跑这么远的路了吧。我真不明白,我能忍受这样的严寒和路途,是因为我要回家。你为什么会这样不辞辛苦地来回接送我呢?"

"哦……有时候,一个人呆坐着会觉得很无聊的,而且两个单身汉老待在一起,真叫人心烦。"

"怎么会呢?镇上有那么多人呀!你和你哥哥不必老是守在家里啊。"罗兰说。

"自从举行了教学成果展后,镇上就没有开展过什么活动了,"阿曼乐说,"男人们就只能到酒吧里混混时间,打打台球,或者是看看别人下棋。有的时候还不如找个旅伴一起外出远行,哪怕冷一点儿也没关系。"

罗兰从来没有想到自己会是个很好的同伴。但是如果他这样去想了,她就得说一些有趣的话才行。可是她想不出什么让人开心的话来。她看见前面的马在轻快地飞驰,感觉自己已经找到了一个很好的话题。

马优雅地迈着蹄子在雪地里奔跑,蓝色的影子不断掠过两边的雪地,奔跑的节奏让人心情舒畅。它们扬起了头,脖子上的铃铛也在叮当作响。它们的耳朵前后摆动,黑色的鬃毛在寒风中飘荡。罗兰深深地吸了一口气,惊叹道:"好美呀!"

"什么好美?"阿曼乐问道。

"这两匹马呀,你看!"罗兰回答说。就在这一瞬间,王子和贵妃碰了碰鼻子,好像彼此在说悄悄话,然后它们同时加快步伐,飞奔起来。

阿曼乐慢慢地用力让马减速,"你想不想试试驾驭这两匹马?"

"天哪！"罗兰很诚实地说，"爸不让我驾马车，他说我个子太小，会受伤的。"

"王子和贵妃不会伤害任何人的，"阿曼乐说，"它们是我亲手养大的。你觉得它们很美，那我倒希望你能看看我养的第一匹小马，它叫星光。我给它取这个名字，是因为它前额上有一块星状的白色，特别像一颗星星。"

阿曼乐九岁的时候住在纽约州，他的父亲把这匹叫星光的小马送给了他。他对罗兰讲述起自己训练星光的经过，并且称赞它是一匹很美的马。

后来，星光随着阿曼乐来到了明尼苏达州，阿曼乐第一次来到西部大草原上，就是骑着星光来的。那时星光已经九岁大了，它一天能跑一百零五英里。即便它经过了长距离的奔跑，但是在路上还会和别的马赛跑呢。

"现在它在哪儿呢？"罗兰问。

"在我父亲的农场里。它不年轻了，而且我需要两匹马拉车，所以我就把星光送到我爸那儿了。"

时间过得太快了，罗兰已经看到布鲁斯特家的小屋就在前面不远了。她努力想振作起来，可是她的心还是直往下沉。

"你怎么突然不说话了呢？"阿曼乐问。

"我真希望我们是在向相反的方向前进。"罗兰说。

"这个星期五我们就可以这样做了，"阿曼乐放慢了马速，"我们可以稍微走慢点儿。"

罗兰明白，阿曼乐已经意识到她是多么害怕走进那栋房子，她心中十分感动。

"那么，星期五再见！"他对罗兰笑了笑，笑里满含鼓励，然后驾着雪橇飞驰而去。

这周的时间一天天过去，直到还有最后一天。明天就是星期五，是整个学期的最后一天。等这一天结束了，她就可以待在家里了。

她心里祈祷这最后一晚不要有什么意外。她老是从睡梦中惊醒过来，醒来之后又发现四周十分安静，只有她扑通扑通的心跳声。

星期五这天的课非常顺利，每个学生都学得非常认真，表现非常好。

到了下午课间休息的时候，罗兰叫大家保持安静，然后说："以后就不再上课了。今天可以早点儿放学，因为今天是最后一天。"

她知道在学期结束时必须要说点儿什么，于是她对大家这一学期来的表现赞扬了一番。"你们都没有辜负来学校学习的机会。"她说，"我希望你们每个人都有继续上学的机会，如果没有，那么你们也可以像林肯总统那样在家自学。接受教育的机会是值得大家去努力争取的，如果你没有争取到，只要自己不放弃，就要努力通过自学获得知识。"

接着，她给了鲁比一张她的名片，那是一张薄薄的印着花朵的粉红色硬纸片。名片上写着：

给鲁比·布鲁斯特

> **爱你的老师**
> **1883 年于布鲁斯特学校**

接着她给了汤米一张名片，然后是玛莎和查尔斯。他们都非常开心，一直欣赏着那张漂亮的名片，然后他们把名片小心地夹在书页里。随后，罗兰让他们收拾好书本和文具，准备带回家。现在已经到下课的时间了。她说："放学了。"

接下来发生的事情让罗兰感到非常惊讶。学生们并没像平常那样急着去穿外套，而是围在她的书桌前。玛莎送给她一个漂亮的红苹果。鲁比羞涩地送她一个小蛋糕，那是她妈妈帮她烤的。汤米、查尔斯和克拉伦斯每人送了她一支削好的铅笔。

她真不知道该怎么感谢他们，可是玛莎说："老师，应该说感谢的人是我们，非常感谢你教我学习文法。"鲁比说："要是蛋糕上再撒一层霜糖就太好了。"男孩子们也不知道说什么好。他们一起向罗兰说了再见，离开了学校。不过克拉伦斯又转身回来了。他站在罗兰的书桌边，身子靠在书桌旁，低着头，眼睛看着手里的帽子，小声地说："对不起，老师，我太不尊重你了。"

"你怎么啦，克拉伦斯？不用再提这些事情了。"罗兰说，"而且你的功课学得太好了，我真为你骄傲！"

克拉伦斯看着她，脸上露出了顽皮的笑容。他转身冲出了教室，用力把门一甩，震得小屋都摇晃了起来。

罗兰把黑板擦干净，清扫了地板，然后整理了书本和纸张，又关上了火炉的通风口。接着，她戴好兜帽，穿上外套，站在窗前等待。不久，雪橇铃声响了起来，王子和贵妃停在了门口。

她的工作结束了，现在她真的可以回家了，再也不必来到这儿，她的心里感到一阵轻松。一路上马全速飞奔，可是罗兰归心似箭，总觉得它们太慢了。

"就算你的脚使出再大的劲去蹬，雪橇也无法跑得更快了。"阿曼乐说。罗兰这才发现自己真的把脚一直抵在雪橇的前部，她不禁放声大笑起来。阿曼乐没有多说话，罗兰的话也很少。只要能回家，罗兰就非常满足了。

到家以后，罗兰向阿曼乐道了谢，又说了晚安，一直到她走进家门脱下大衣的时候她才察觉到，阿曼乐没有向她说"晚安"，

也没有像平时一样跟她说"星期日下午再见"。他只是说了一声
"再见"。

　　她心想，当然啦，是该说"再见"了。这应该是她最后一次坐他
的雪橇了。

第十一章
铃儿响叮当

第二天早晨罗兰醒来时，感觉比过圣诞节还快活。"噢，我已经在家里啦！"她想。她大声叫喊着："卡琳，早上好！醒醒，小懒虫！"说完后就打着哆嗦穿上衣服，高兴地跑到楼下。

妈正在暖和的厨房里做早餐。罗兰穿上鞋子，然后梳理头发。

"早上好，妈！"她大声说道。

"早上好，"妈微笑着说，"我看你的气色已经好多了。"

"回到家的感觉太好啦！"罗兰说，"现在，我该先做些什么呢？"

这天上午，罗兰忙帮着妈做了很多星期六该做的家务。以前她不喜欢摸到面粉时那种干燥的感觉，可现在，她正开心地揉着面团。想到可以在家里吃到新鲜香脆的面包，她觉得非常开心。她不知不觉就哼出歌来，因为她再也不用回到布鲁斯特家去了。

今天天气晴朗，让人感觉特别舒适。到了下午，等所有的家务活儿都忙完了，罗兰就希望梅莉能来找她玩。妈坐在洒满阳光的窗前，一边编织一边轻轻摇晃着摇椅。卡琳在做针线活儿。梅莉没有来，罗兰有些坐立不安。罗兰决定穿上大衣去找她，就在这时，她听到了雪

橇的铃声。

不知为什么，罗兰的心怦怦地跳了起来。经过门前的雪橇铃声很小，并不像是王子和贵妃的铃声，它们到门前时总会有很清脆的铃声。这一阵铃声结束后，紧接着另一阵铃声又响起来了，街上都是雪橇。

罗兰走到窗前。她看到米妮和弗雷德坐着雪橇飞驰而过，接着是阿瑟·琼森和一个罗兰不认识的女孩坐在一起，从窗前一闪而过。街上雪橇的各种铃铛声音此起彼伏，听起来十分热闹。梅莉和凯普的雪橇也过去了。这就是梅莉没来找她的原因。原来，凯普也有了一辆轻便雪橇，各式各样的雪橇从罗兰的窗前来回滑过。

罗兰有些失落地坐了下来，继续钩织着花边。现在客厅干净又整洁，四周都非常安静，或许是她离开这里太久了，没有人会想起她。整个下午，外面的雪橇铃声响个不停，她的同学们坐着雪橇在大街上来来去去，欢声笑语响彻小镇。梅莉和凯普的小雪橇从罗兰的窗前一次又一次经过。

好吧，罗兰想，到了明天，她就可以在主日学校见到艾达了。但是她又突然想起布朗太太说，艾达得了重感冒。

星期日的下午，天气真的非常好，雪橇铃声又响了起来，欢乐的笑声随风飘荡。梅莉和凯普搭乘一个雪橇，米妮和弗雷德在一起，还有一些新来的人，罗兰都不怎么认识。他们都驾着雪橇，玩得非常高兴。确实，罗兰离开得太久，大家都把她忘了。

罗兰再次闷闷地坐下，开始读丁尼生的诗集。她试图不去想自己被遗忘了，尽量不去听雪橇铃声和笑声，但罗兰觉得越来越难以忍受。

突然，一阵雪橇铃声在门口停了下来！爸还没来得及从报纸上抬起头，罗兰已经飞快地把门打开了。王子和贵妃拉着雪橇就站在门口，阿曼乐脸上带着温暖的微笑。

"你愿意坐雪橇出去玩吗？"他问。

"哦，是的。等我一下，我去穿外套。"

罗兰迅速穿上外套，戴上白色的兜帽和手套。阿曼乐为她盖好毛毯后就驾着雪橇出发了。

"我竟然没有发现你的眼睛这么蓝。"阿曼乐说。

"是因为我戴了白色的兜帽吧，我去布鲁斯特家总是戴着褐色的兜帽。"她喘了口气，大笑起来。

"有什么好笑的事情？"阿曼乐问。

"我在笑我自己呀，"罗兰说，"我本来以为再也不会跟你坐雪橇出去的，今天你怎么会来呢？"

"我想当你看到那么多人坐着雪橇在你面前滑来滑去的，你也许会改变主意的。"阿曼乐回答。这时，两个人都笑了起来。

他们很快加入了街道上的雪橇行列，快速地穿过主大街，在南边的草原上兜了一个大圈子，然后再向南，加速回到中央街道，然后再向北。这样来来往往跑了很多圈。

阳光照在雪地上，冰冷的风迎面从脸上刮过。马的铃铛叮当作响，雪橇滑过坚硬的雪地，发出嘎嘎的声音。罗兰开心极了，忍不住唱起歌来：

叮叮当，叮叮当，

铃儿响叮当，

我们滑雪多快乐，

我们坐在雪橇上。

后面的雪橇飞快地跟了上来，其他人也随着唱了起来。他们在开阔的草原上顺势来了一个大转弯，又飞快地跑回街道上，然后又折回草原。铃声、歌声似乎驱散了空气中的寒冷。

　　叮叮当，叮叮当，
　　铃儿响叮当……

　　冷风还在吹着，但是不太猛烈，每个人都玩得十分尽兴。此时的气温是零下二十摄氏度，阳光灿烂。

第十二章
回家的感觉真好

星期一的早晨，罗兰和卡琳高高兴兴地一起上学去了。

"又能和你一起上学了，我真是太高兴了。没有你在身边，我总感觉怪怪的。"卡琳说。

"我也有一样的感觉。"罗兰说。

她们刚一走进教室，艾达就高兴地叫起来："你好，我们的英格斯老师！"每个人都高兴地围上来。

"你重新回到学校，感觉怎么样？"艾达得了感冒，鼻子又红又肿，可是她棕色的眼眸依然那么迷人。

"我能回到学校来，真的很高兴。"罗兰回答，用手捏了捏艾达的手。其他的人都热情地欢迎罗兰回来，就连奈莉看起来也友好了许多。

"你坐了很多回雪橇了吧，"奈莉说，"现在你回来了，也许你可以带我们去坐坐。"

罗兰只回答了一句："也许吧。"她不知道奈莉又在打什么主意。欧文老师离开自己的桌子，来到罗兰面前。

"真高兴你又回到我们中间了。"他说，"我听说你在布鲁斯特学校教得非常好。"

"十分感谢你，先生，"她回答，"再次回到学校真让人开心。"她想知道是谁告诉了欧文老师她的教学情况的，但是她没有开口问。

刚开始上课时，罗兰担心自己可能落在同学后面了，不过她很快发现，她不但没有落后，而且还比大家超前了一些。在布鲁斯特家那些可怕的夜晚里，她一直坚持学习，所以她在班上还是名列前茅。直到在上午课间休息前，她感觉都很好，信心十足。

休息时，女生们开始讨论起作文来。罗兰这才知道，欧文老师的文法课中已经讲到应该如何写作，而且那天的作业布置了一篇题为"雄心"的作文。

文法课在午休后，现在还有几分钟就要上课了，罗兰感到很恐慌。她从来没有写过作文，而现在她必须在几分钟内就写出一篇作文，其他同学都是从昨天就开始写了，她们在家里已经把作文写好了。布朗太太还帮助艾达完成了她的作文。布朗太太是负责写教堂的通知的，所以艾达的作文一定会非常好。

罗兰根本不知道该怎么开头。她对"雄心"这个词一无所知，她头脑里的唯一想法就是她将会在下一堂课中非常丢脸。她绝对不能失败，可是作文该怎么写呢？只剩下五分钟时间了。

她突然发现了欧文老师书桌上的黄皮字典。她想，也许可以通过查看字典上关于"雄心"的解释来寻找到一些灵感。她匆忙翻到"A"打头的那一页，字典关于"雄心"的解释非常有趣。她回到自己的座位上，以最快的速度写起来，等欧文老师叫大家开始上课时，她还在写。她觉得自己的作文写得并不好，但是她已经没有时间再去另写一篇或者做什么改动，欧文老师已经准备开始上文法课了。

欧文老师一个接一个地点名，被点到的学生都朗读了自己的作文，剩下的同学都在认真倾听。这时，罗兰的心情非常沮丧，她觉得每个人的作文都比她的要好。最后，欧文老师叫道："罗兰·英格斯。"所有的同学都把头转向了罗兰。

罗兰站了起来，把她刚写的作文大声朗读出来。这也是现在她能写出的最好水平。

雄心是成功必不可少的条件。如果没有"不达目的誓不罢休"的雄心，我们就会一事无成。如果没有超越他人和自我的雄心，我们就不可能有非凡的成就。如果我们想取得胜利，我们就必须要有雄心。

雄心是一个顺从的仆人，也是一个顽劣的主人。一旦事情没能如其所愿，就危险万分。莎士比亚曾说过："克伦威尔，我命令你，快把雄心抛掉。罪恶的雄心会让天使都为之堕落。"

罗兰很难为情地站在那儿，等着欧文老师的评价。欧文老师惊讶地看着她说："你以前写过作文吗？"

"没有，先生，"罗兰说，"这是我写的第一篇作文。"

"不错呀，你应该再多写点儿。我简直不敢相信，有人第一次写作文就会写得这么好。"

罗兰非常吃惊："写得……太……太短了，而且大多数是从字典上……"

"但是它们并不像字典中的话。"欧文老师说，"没有什么修改的，给你一百分。现在放学吧。"

不可能有比这更高的分数了。罗兰仍然是班上名列前茅的学生。现在她又恢复了自信，只要不断努力，她就会一直保持非常好的成绩。她现在非常期待能够更多地练习写作。

这周的时间不似教书时那么煎熬，一眨眼就过去了，现在已经到了星期五。当罗兰和卡琳回家吃午餐时，爸说："我有东西要给你，罗兰。"

爸的眼睛向罗兰眨了一下，从口袋里掏出钱包，然后拿出四十美金递给了罗兰。

"我今天上午见到布鲁斯特先生了，"爸说，"他把你的薪水交给了我，并且说你教得很好。他们希望你明年冬天继续去教书。不过我告诉他，你冬天不会再去离家很远的地方了。虽然你从来没有抱怨过，但是我知道你在布鲁斯特家过得并不愉快，我为你能完成这个工作感到非常骄傲。"

"爸，我的付出终于有了回报！"罗兰激动地说，"四十美元啊！"

她早就知道自己能挣到四十美元，可是当她手里真真切切地拿着四十美元时，她仍然觉得难以置信。四张十美元的钞票，四十美元啊！

接着她把钱交给了爸，说："你拿着，爸，给玛丽存起来吧。我想这样，她今年暑假就可以回一趟家了，对吧？"

"足够了，还能剩下一些呢。"爸说着，把钱又放进了他的钱包。

"罗兰，你教了这么久的书，难道就不想用你自己赚的钱买些什么东西吗？"卡琳大声问道。

"今年夏天我们就能看到玛丽了，这就是我最大的愿望。"罗兰开心地回答，"我是为了玛丽才去教书的。"这是一种十分美好的感觉，罗兰的内心被极大地满足了。她现在可以坐下来好好地大吃一顿了。"我希望能挣更多的钱。"她说。

"这不是难事，要是你想做，你就能做到。"妈突然说，"麦基太太今天上午说，她想请你每个星期六去帮她做事。她接了太多做衣服的活，可她一个人忙不过来。她说她每天付给你五角钱，外加一顿午餐。"

"你已经答应了，对吧，妈？"罗兰高兴得大叫起来。

"我对她说，只要你愿意，你就会去帮忙的。"妈微笑着说。

"什么时候开始？明天吗？"罗兰急切地问。

"明天早上八点钟，"妈说，"麦基太太说，如果平时做衣服的人不多的话，上班时间就从上午八点到下午四点，倘若你想留下来加班，她乐意提供晚餐。"

麦基太太是镇上的裁缝，他们一家刚搬到镇上来，她家就在朗斯的干果店和那家新咖啡馆的中间，也就是中央大街和第二条街之间的拐角处。罗兰在教堂遇见过麦基太太，很喜欢她。她个子高高的，眼睛蓝蓝的，脸上总是挂着和气的笑容。浅棕色的头发披散在肩上，十分漂亮。

现在，罗兰的时间排得满满的，但是在忙碌中她又觉得有无穷的乐趣。上学的日子过得很快。罗兰整个星期都在期盼着早点儿去麦基太太家帮忙。麦基家的客厅整理得一尘不染，甚至感觉不到里面还放置着做饭用的炉灶。

星期日上午，罗兰要去教堂做礼拜和上主日学校。如果下午天气好，她都要参加"雪橇派对"。王子和贵妃会在一阵阵欢快的铃声中停在家门口等着她。罗兰和阿曼乐的雪橇是速度最快的，也是最漂亮的。

不过，最美好的时光仍然是早晚和家人在一起的时间。罗兰觉得她从来没有如此感激现在的生活，没有那种令人窒息的沉默，没有烦人的争吵，也没有突然爆发出来的怒火。

在家里，大家可以愉快地聊天做事。每天晚上她们轻松地阅读和学习，还能听到爸的小提琴演奏。在温暖的房间里，大家听着爸演奏那些让人难以忘怀的旋律，这一切多么美好啊。罗兰经常都在想，自己实在是太幸福了，太幸运了。她现在深深相信，世界上没有什么地方能够比家里更好了。

第十三章
春天到啦

四月的一个星期五下午，罗兰、艾达和梅莉放学后一起散步回家。空气温和而湿润，房檐上滴滴答答地流下水，脚下的雪已经开始融化。

"春天又来了，"艾达说，"这个学期只剩下三个星期了。"

"是啊，我们又要搬回放领地去住了，"梅莉说，"罗兰，你也要搬回去住吗？"

"我想是的，"罗兰回答，"我觉得冬天才刚刚开始呢，现在又要结束了。"

"对呀，如果一直都这么暖和的话，到明天积雪就会全部融化了。"梅莉说。这就意味着再也不能滑雪橇了。

"住在放领地也不错呀。"罗兰说。她想到了那些新生的小牛和刚孵化出来的小鸡，以及菜园里长出来的红萝卜、洋葱等，还有六月份会开放的野玫瑰。而且，玛丽那个时候就要从盲人学校回来度假了。

罗兰和卡琳穿越过泥泞的街道回到家里。当她们走进家门时看到爸和妈坐在客厅里，玛丽的摇椅上坐着一个陌生人。那个陌生人站起身来，微笑着看着她们。

"你不认识我了吗，罗兰？"他问。

罗兰认还记得他的笑容，和妈的笑容一模一样。

"是汤姆舅舅！"罗兰叫了起来。

爸哈哈大笑："我都给你说了，汤姆，她一定会认出你来的。"这时妈也笑了，妈和汤姆舅舅的笑容真的非常相像。汤姆舅舅跟罗兰和卡琳握了手。

卡琳记不得他了。当他们一家住在威斯康星的大森林里时，卡琳还只是个小婴儿呢。而他们一家去爷爷家参加枫糖舞会时，罗兰已经五岁了，当时汤姆舅舅也在。他很少说话，所以罗兰从那以后几乎就没想起过他来。但她现在想起来了，杜西亚姑姑曾经告诉她的关于汤姆舅舅的事情。

汤姆舅舅个子不高，很安静，脸上总是带着和善的微笑。在用餐的时候，罗兰隔着餐桌望着汤姆舅舅，很难相信他曾是个伐木工人。他有一次跳进河里的浮木上，搭救了一个落水的伐木工人，而汤姆舅舅根本就不会游泳。他虽然看起来非常沉默，但他能管理那些粗犷的伐木工人，而且，他从事的伐木工作强度高又有危险。

现在，汤姆舅舅有很多事情要告诉爸、妈和罗兰。他谈到了他的太太莉莉舅妈，还有他的小女儿海伦。他也谈到了亨利叔叔、波丽婶婶和查理的事情。亨利叔叔一家离开银湖以后，再也没有回过蒙塔纳，他们一直留在了布拉克山。堂姐路易莎嫁到蒙塔纳去了。伊丽莎婶婶和彼得叔叔，还住在明尼苏达东部，不过艾丽思、艾拉和彼得堂哥都住在达科他州。

卡琳和格蕾丝睁大眼睛听着这一切。卡琳对这些人一点儿印象也没有。格蕾丝从来见过巨大的森林，也没参加过枫糖舞会，更不知道彼得叔叔、伊丽莎婶婶带着艾丽思、艾拉和彼得来和他们一起过圣诞节的事儿了。罗兰很遗憾自己的小妹妹们不曾经历过这些事情。

晚餐很快结束了。家里点上了油灯，全家人都围坐在汤姆舅舅身边。爸在听他讲伐木场、逆着流水搬运原木的故事以及那些粗犷的伐木工人的工作状态。汤姆舅舅很平静地讲着这些事情，那声音和妈一样温柔，笑容也和妈一模一样。

爸问他："这是你第一次到西部来吧？"

汤姆舅舅说："不是，我可是最初发现布拉克山的人之一呢。"

爸和妈惊讶得半天都说不出话来。接着妈问道："你去那儿做什么呢，汤姆？"

"寻找金矿。"

"你没有找到金矿，真是可惜呀。"爸开玩笑说。

"我们找到金矿了，"汤姆舅舅说，"只是没给我们带来什么好处。"

"天啊！"妈说，"快告诉我们是怎么回事。"

"那是八年前的事情了。那时是一八七四年十月，一共有十二名男子。其中一名男子还带着他的妻子和儿子。"

汤姆舅舅说，他们带着牛，赶着马车出发。男人们都扛着来复枪，带着手枪，准备了足够使用八个月的弹药。车上载有面粉、咸肉、大豆和咖啡，而新鲜的肉都是靠打猎得到的。那时很容易就能猎到大量的羚羊和鹿。他们面临的最大问题就是在辽阔的草原上找不到足够的饮用水。幸好当时是初冬时节，降雪很多，他们在晚上把雪融化成水，储存在木桶里。

有时候，他们会遭遇暴风雪，寸步难行。所以当暴风雪袭来时，他们只能躲进帐篷里。因为在风雪中，马车向前行进实在太困难了。有时为了减轻车子的重量，他们不得不步行，就连女人也必须一起步行。赶上好天气的话，一天能走十五英里。

就这样，他们来到了一个陌生的地方，这里只有冰雪覆盖的大草原和暴风雪，偶尔在路上碰到几个印第安人，除了这些，什么都看不到。不久，他们来到一片洼地前。这块洼地非常宽广，两边都看不到边际，看起来马车根本走不过去。但是除了从这里穿越过去，他们也没有其他的办法。他们一行人一起进入洼地，发现那儿的地貌非常奇怪。四面都有很高的大土块，不时会有强风吹下灰尘，蒙在每个人的脸上。而那些笔直的土块表面寸草不生，甚至连野草都没有，只是一些干燥的土堆，并有鲜明的层次。在这个洼地里到处散落着已经风化的骷髅和骨头。

汤姆舅舅说，那里是一个非常荒凉的地方。马车从白骨上碾过去，旁边耸立的那些土堆，有的像人脸，有的像外星生物。马车在这些怪异的东西中绕来绕去，结果迷失了方向。整整花了三天时间，他们才找到出路，最后为了把他们的马车从洼地里拖出，又浪费了一天的时间。

一个老淘金人告诉汤姆舅舅，这里就是印第安人所说的"邪恶之地"，也就是神在创造这个世界时，把所有的垃圾都扔进了这个洼地里。

最后，他们穿过大草原，来到了布拉克山，在这里找到了一个可以躲避暴风雪的地方。休整之后他们继续出发，行程异常艰苦，四周的山谷被冰雪覆盖，山势非常陡峭。

他们又长途跋涉了七十八天，来到了法兰西河，建起了一个营地。他们从山上砍下松树，把它们围成一个很大的方形围栏。他们还砍下很长的原木，垂直地把它们排列好，并且一部分埋入地下。在这个过程中，由于地面都冻结了，所以地面的挖掘工作非常吃力，最后这样就形成了墙壁的内侧。接着，他们用小原木堵住大原木之间的缝隙，用牢固的木钉将它们钉牢。在这个四方形的栅栏内，他们还设置了防御措施，在围栏的四周设置了射击孔。围栏的唯一一出入口就是一道用粗大的原木制成的大门。他们在围栏里搭建了七间小木屋，准备在这里过冬，他们靠打猎来获取食物和动物皮毛。快到春天的时候，他们发现了金子，并且在冻结的的河床沙层中发现了大量的金沙。

可就在这个时候，印第安人来攻击他们了。他们躲在栅栏里，有效地躲避了印第安人的袭击。可问题是，他们无法出去打猎，这样他们就无肉可吃了。印第安人一直围困着他们，既不撤离也不进攻，只是把试图逃出来的人赶回围栏里。印第安人就用这样的战术，希望把围栏里的人围困起来。于是他们只好紧衣缩食，关紧栅栏，尽量避免去杀牛、马充饥。

"但是在某一天，远方传来了号角声。"当汤姆舅舅说起号角声时，罗兰回想起很久以前，乔治叔叔在大森林里吹军号时发出的回音。

"是军队吗？"罗兰问。

"对。"汤姆舅舅说。他们认为自己安全了，哨兵激动地叫起来。所有人都挤到在防御围栏旁边。他们听到了号角声，还看到了飘扬的旗帜，旗帜的后面紧跟着一队人马。他们打开大门，所有的人蜂拥而出，飞快地跑去与军队会合。然而，军队的人却把他们抓了起来。一些士兵冲进围栏，把围栏里面的所有东西都烧毁了，不仅烧掉了小屋、马车和毛皮，甚至连他们的牛都杀掉了。

妈觉得有些难以想象，就问："他们为什么要那样做呢？"

"因为那是印第安人保留区，严格说来，我们无权进入他们的地盘。"

"你们经过了千难万险，才走到了那里，开始安家立业，难道什么都没有得到吗？"

"我出发时带的那么多东西，除了一把来复枪，其余的都丢了。

那些士兵允许我们保留自己的枪，但是他们把我们当成了俘虏，赶着我们徒步离开了那里。"

爸在屋里踱来踱去。"如果是我的话，我肯定咽不下这口气的！"他大声说道，"至少也要奋力一拼啊。"

"我们是不可能敌得过美国政府军的。不过眼睁睁地看着围栏浓烟滚滚，我真是愤怒到了极点。"

"我能理解这种感受，当年我们也被迫离开了印第安人保留区，我现在还在想念我们的那栋房子，那时查尔斯刚刚给窗户装上玻璃呢。"妈说。

罗兰心想着，汤姆舅舅遭遇这些事情的时候，我们正住在梅溪边呢。很长一段时间里，大家都沉默不语，古老的钟在这时敲了一下。

"我的天啊，瞧瞧都几点了！"妈惊叫起来，"汤姆，你的故事让我们都听入迷了。难怪格蕾丝都睡着了。"

"孩子们，你们上去铺床。罗兰，你去把我床上的羽毛床垫和被子抱下来，我在这里给汤姆舅舅铺个床。"

"不要从你的床上拿东西了。我就睡在地板上，盖床毛毯就行了，我经常这么睡。"

"我和查尔斯偶尔睡一次干草垫子没什么关系。"妈说，"你之前已经有那么多冰冷的夜晚没睡过好觉了。"

汤姆舅舅的那个关于严冬的故事，一直在罗兰的脑海里萦绕着，让她久久不能忘怀。第二天早晨，罗兰醒来时听见了屋檐滴水的声音，她才意识到，现在已经是春天了，而现在她正置身于一个让人愉快的小镇里，真是太幸福了。罗兰在麦基太太家里缝了整整一天衣服，爸和妈一直陪着汤姆舅舅。第二天，只有罗兰、卡琳和格蕾丝去教堂了，爸和妈在家继续陪汤姆舅舅。因为星期一的早晨，他就要回到他在威斯康星州的家里去了。

泥泞的地面上剩下稀疏的几块雪地。罗兰知道现在再也不能滑雪了,这让她感到很遗憾。

星期日午餐后,大家都围坐在餐桌旁,爸妈同汤姆舅舅谈论着一些罗兰不认识的人。这时,有一个人影从窗边闪过,接着响起了敲门声,罗兰急忙跑去开了门,意外地看到阿曼乐站在门外。

"你愿意坐马车进行春天的第一次兜风吗?"阿曼乐说,"还有凯普和梅莉同行。"

"好呀!我去换衣服,你要不要先进来坐一会儿?"

"不用了,谢谢!我就在门外等你。"

当罗兰走到门外时,看到凯普和梅莉都已经在车上了,他们坐在后排座位上。阿曼乐拉着罗兰坐在了马车的前座上,然后他坐在罗兰的身边,从凯普手中接过缰绳,接着王子和贵妃就向着大草原的方向快步驰骋。

没有别人坐着马车兜风,因为天气还很冷,所以现在没有派对的气氛,然而罗兰、梅莉和凯普谈笑风生,非常开心。道路泥泞不堪,泥水和残雪飞溅到马身上,也溅到了座位上以及他们的麻布衣服上。不过,还是总有轻柔的春风吹过,阳光非常明媚。

阿曼乐没有加入他们愉快的聊天中来。他既不笑也不说话,只是稳稳地驾着车。罗兰问他是不是有什么心事。

"没什么,"他回答,接着他又问道,"那个年轻人是谁?"

可周围看去没有别的什么人。罗兰不解地问:"什么年轻人?"

"我来接你的时候,那个和你说话的人。"他说。

梅莉突然大笑起来。"那是罗兰的舅舅,你别吃醋啦!"她说。

"噢,你是说他呀?那是汤姆舅舅,我妈的弟弟。"罗兰解释说。而这时,梅莉仍在大笑。凯普趁她不注意,拔掉了她发髻上的卡子。

"我觉得你应该多关注我才对呀!"凯普对梅莉说。

"凯普！还给我！"梅莉大叫起来，她想把凯普手里的发卡抢过来，可是凯普把手举得高高的，趁机又拔掉了梅莉的另外一根发卡。

"别这样，凯普！"梅莉用双手压住脑后的发髻。

罗兰看出这局面乱极了，因为只有她知道玛丽戴的是假发。她绝对不能让凯普这样胡闹下去了，要是凯普再拔下一根发卡，梅莉的假髻就真的会掉下来。

就在这时，王子的前蹄踢起了一块积雪，刚好落在罗兰的膝盖上。凯普这时正在和梅莉打闹，背部朝向罗兰。于是罗兰抓起一些雪块，塞进凯普的脖子里。

"啊！"凯普大叫起来，"阿曼乐，看来你得帮我一把呀，我一个人对付不了这两个女生！"

"我在忙着驾车呢。"阿曼乐回答。

大家都纵声大笑起来。春季的美好时光总是能让人发出笑声。

第十四章
保住放领地

第二天早晨，汤姆舅舅就乘火车回东部去了。罗兰中午放学回家时，他已经走了。

"你舅舅刚走，麦基太太就来了，"妈说，"麦基太太让我问问你，不知道你是否愿意帮帮她。"

"只要我帮得上，我当然愿意帮她了！"罗兰说，"什么事？"

妈说："尽管麦基太太整个冬天都在辛苦地缝制衣服，但是她赚到的钱还不足以让她们一家人迁到放领地去。麦基先生也一直在林场做事，直到他们攒够了买农具、种子和牲口的钱为止。他想让麦基太太带着他们的小女儿玛蒂去放领地住一个夏天，这样才能保住放领地的所有权。可麦基太太说，她宁愿放弃放领地也不愿意带着女儿到大草原的小木屋去住。

"我不知道她为什么这么紧张。"妈说，"不过看起来，她确实害怕那种独自生活的日子。麦基先生不想放弃那块放领地，所以她们就必须过去居住，这样才能留住。麦基太太跟我说，要是你愿意跟她一起去住，他们会每周付给你一元钱。"

"那块放领地在什么地方？"爸问。

"就在曼彻斯特北边不远。"妈说。曼彻斯特是个新兴的小镇。

"你愿意去吗，罗兰？"爸问。

"我想去，"罗兰说，"但是这样我就会错过这学期剩下的功课了。不过我可以自学补上，我很想继续挣钱。"

"麦基这家人都特别好，而且他们非常喜欢你。既然你愿意去，那就去吧。"爸就这样决定了。

"可是，玛丽回家时，你就不在家了。"妈担忧地说。

"或许等麦基太太适应了放领地的生活，我就可以回家见玛丽了。"罗兰想了想说。

就这样，第二天早上，罗兰就跟麦基太太和玛蒂一起坐火车去了曼彻斯特。以前她从梅溪到西部来时坐过火车。因此她提着行李走过通道找到座位，就像那种常常外出旅行的人一样，对火车完全没有陌生感。

从这里到曼彻斯特有七英里的路程。到站时，火车站的列车员把麦基太太的行李从车厢里取下来，然后，一个马车夫把行李搬上马车。车夫还在往车上搬东西的时候，车站对面的餐厅老板就告诉旅客，他已经为她们准备好了午餐。于是麦基太太、罗兰和玛蒂就在这家餐厅吃了午餐。

不久，车夫把装满行李的马车赶到这家餐厅门前，扶着罗兰和玛蒂爬到行李上面，麦基太太跟车夫坐在一起。

马车在草原上颠簸前行，罗兰和玛蒂的双脚悬在车外，身体随着车子不断地摇晃。她们紧紧靠在一起，牢牢地抓着捆绑行李的绳子，这样才不至于摔下去。草原上没有路，车轮时常陷入到冰雪融化后的烂泥中，马车上的行李也跟着摇晃起来。当他们来到一块沼泽地前，这种情形变得更糟了。这里的地势很低，沼泽里长满了草，草丛中还有积水，坑洼不平。

"这个地方我不怎么熟悉啊。"车夫向前看了看说，"看起来相当麻烦，可是周围没有路可以绕过去。我们只能试一试了。不过只要全速前进，马车是不会陷下去的。"

当他们驶近那片沼泽时，车夫说："大家抓紧些！"他挥舞着鞭子，对马大声吆喝着。马开始加快速度，越跑越快，水从车轮的左右溅了起来。罗兰和玛蒂紧紧抓住绑行李的绳子。接下来的路很顺利，他们安全地到了沼泽地对岸。车夫让马停下来休息一会儿。

"太好了，我们过来了！"他说，"因为车速快，车轮没来得及陷到水下。如果真的陷进去，那就什么都完了。"

罗兰转过头去看那片沼泽时，她看不到车轮压过的车辙，它们都被水淹没了。马车继续穿行在草原上，最后来到一栋孤零零的小屋前。大约一英里外还有一栋。在朝东的方向一共有三栋小屋。

"就是这里了，夫人，"车夫说，"我把行李卸下来，然后帮你们拖一车干草来。因为去年夏天在那里住的人已经放弃了他的农场，到东部去了。他留下了很多干草可以作为燃料。"

小屋有两个房间。麦基太太和罗兰在有炉灶的房间里放了一张床铺，再把另一个床铺放在另一个房间，加上桌子、四把木椅和行李箱，这个小屋一下子就被塞得满满当当的了。

"幸好我没有带更多的东西来。"麦基太太说。

"是啊，就像我妈说的那样，东西够用就行。"罗兰说。

车夫拉回一车干草，然后就驾车回曼彻斯特去了。麦基太太和罗兰把两张被罩里都塞满了干草，然后整理好床铺，接着把碗盘拿了出来。罗兰接把干草拧成草棒。麦基太太做晚餐时，玛蒂就帮着把干草放在炉灶里，这样就可以生火了。麦基太太不会搓干草，而罗兰是在那个漫长冬季里学会的。

夜幕降临，黑暗笼罩着草原，大草原上的美洲狼开始嗥叫。麦基太太把门闩上，仔细检查窗户是否关严实了。

"我真是搞不懂，法律为什么要让我们这样做？"她说，"让一个女人独自留在放领地有什么用呢？"

"我爸说，这是一种赌注。政府拿一块土地来和人打赌，看看一个男人会不会在五年内被饿死。"

"制定这些法律条文的人应该清楚，一个人只有赚足了钱才能去开垦放领地，因为需要足够的钱去购置农具和种子。换句话说，这种法律的意义无非就是叫他的妻子和家人无所事事地在这里待上七个月。假如我不用守在放领地的话，我就可以到镇上去缝制衣服挣钱，这样就可以赚到买种子和农具的钱。我觉得女人应该有自己的权利，比如选举权以及参与制订法律的权利。外边是野狼在叫吗？"

"不是，那些是美洲狼，它们不会伤人的。"

她们都非常疲倦，所以连灯都没有点就上床睡觉去了。罗兰和玛蒂在有炉灶的房间，麦基太太在另一间。当她们都安静下来时，寂寞悄悄地侵入了小屋。罗兰并不害怕，但她从来都没有住过这么偏远的地方，而且爸、妈和姐妹们一个也不在身边。美洲狼的声音越来越远了，沼泽地带离这里也很远，所以听不见青蛙的鸣叫。万籁俱寂的草原上，只有微风打破了沉默。

第二天早晨的阳光让罗兰醒了过来，等待她的是空虚的日子。家务一下子就做完了，接下来没有别的什么事情可做，没有书看，也见不到人。这种情况刚开始的时候让人感觉还是挺愉快的，可整整一个星期里，罗兰、麦基太太和玛蒂除了吃饭就是睡觉，要么就坐着聊天或者发呆。太阳每天都东升西落，整个草原除了鸟的叫声和云朵的影子以外，没有别的东西。

每个星期六下午，大家穿戴整齐，步行两英里到曼彻斯特镇去，在那里等着麦基先生，跟他一起回放领地过周末。星期日下午大家再一起送麦基先生回曼彻斯特。麦基先生从那里坐火车回林场去干活儿，麦基太太、罗兰和玛蒂又回到放领地，等待着下一个星期的到来。

每当星期六即将到来时，她们都精神焕发。而送走麦基先生后，她们又觉得是一种解脱。为什么这么说呢？因为麦基先生是个非常虔诚的基督教徒，所以有他在家的星期日是不允许笑出声的，哪怕是微笑也不行。他们只能看看《圣经》和《教义问答》，严肃地谈论宗教方面的话题。虽然如此，罗兰还是很喜欢他，因为他和蔼可亲，总是很温和地和大家说话。

几个星期就这样过去了，一周又一周，没有任何的变化，她们就这样度过了四月和五月。

天气越来越暖和，当她们步行到镇上时，能听见百灵鸟在放声歌唱，路边开满了鲜花。这一次的路似乎比往常走得都要久都要累。回来的路上，麦基太太突然说："你如果坐阿曼乐的马车肯定会开心一些吧。"

"大概我再也没机会坐他的马车了，"罗兰说，"我不在镇里的这段时间里，会有人取代我的位置的。"她知道，奈莉家的放领地就在阿曼乐的放领地不远处。

"别担心，"麦基太太对她说，"像他这样的一个单身汉，如果不是对你认真，是不会花这么多心思在你身上的。你肯定会嫁给他的。"

"不会的！"罗兰说，"不会，我不想离家嫁给什么人。"

这时候，她猛然意识到，自己是多么地想家呀，她真想马上就回家去。这种感觉越来越强烈，于是整整一周她都在努力不让麦凯太太看出她这种情绪。不过，这个星期六罗兰到镇上的时候，已经有一封信在等着她了。

信是妈寄来的。她在信上说，玛丽要回家来了，如果麦基太太能找到别人陪她的话，希望罗兰能尽快回家去。妈希望玛丽回家时，罗兰在家里。

罗兰不敢向麦基太太提起这件事，所以她对麦基太太什么也没有说。直到吃晚餐的时候，麦基太太问罗兰是不是有什么事了了，罗兰才把信里的内容告诉了她。

"哎呀，你应该回家去！"麦基先生说，"我会找别人来这儿的。"

麦基太太沉默了好一阵子才说："除了罗兰，我不想让别人来这里陪我们住，我宁愿就我和玛蒂两个人住在这里。我们现在已经习惯这里了，一直以来也没发生什么事情。罗兰可以回家，我和玛蒂单独待着没问题的。"

于是，星期日下午，麦基先生帮罗兰拎着行李，跟麦基太太和玛蒂一起向曼彻斯特走去。在火车站，罗兰向麦基太太和玛蒂道别，踏上了回家的火车。

一路上，罗兰一直在想着麦基太太和玛蒂，她们要行两英里回到放领地，待在那个小屋里，无事可做，只能吃饭睡觉，听听风声。她们必须要再这样待上五个月。要想得到一块放领地真是太艰难了，可她们不得不这样做，因为法律就是这样规定的。

第十五章
玛丽回家了

又回到了家，罗兰感到特别高兴。她们可以去挤牛奶，可以尽情地喝牛奶，还可以在面包上涂抹黄油，吃到妈做的奶酪。蔬菜都可以采摘了，尤其那些红色的小萝卜，罗兰第一次发现自己是这么喜欢吃这些东西。当然，麦基太太和玛蒂现在无法吃到，因为她们必须守在自己的放领地上。

现在妈养的鸡下了很多蛋。罗兰和卡琳每天都会在牲口棚的干草堆和高高的草丛中寻找那些被母鸡们藏起来的鸡蛋。格蕾丝发现了一窝小猫，它们都是当年爸买来的凯蒂的的子孙后代。凯蒂很有责任感，自己喂养这些小猫咪。它抓了很多老鼠回来，小猫根本吃不完，于是凯蒂就把多余的老鼠堆放在门口，等妈去处理掉。

"我得说，猫的慷慨真让我难为情。"妈感叹道。

玛丽回家的日子终于到来了。爸和妈驾着马车到镇上去接她。那天下午当火车在低空划出一道黑烟，罗兰感觉这列火车跟别的火车有很大的不同。罗兰、卡琳和格蕾丝爬到放领地对面的小山上，看到了火车头喷出来的白色蒸汽，还似乎听到了火车的鸣笛声。远远的隆隆

声终于停止下来，她们知道火车已经到站了，而玛丽也应该下车了。

马车出现在了沼泽那边，玛丽就坐在爸和妈的中间，她们不自觉地欢呼起来。罗兰和卡琳飞快地迎上去，同时开口和玛丽说起话来，玛丽也急于回答。格蕾丝的蓝眼睛睁得大大的，站在大伙儿的前面。凯蒂闪电般地从门里冲出来，大尾巴像扫帚一样扫来扫去。凯蒂不喜欢陌生人，它早就把玛丽给忘了。

"你一个人坐火车回来害怕吗？"卡琳问。

"没什么可怕的，"玛丽笑着说，"我没有遇到什么麻烦。在学校里，我们都是学着自己做所有的事情。这是我们教学内容的一部分。"

玛丽看起来比以前更加自信了。她在屋里轻松自如地走动，而不是像以前那样静静地坐在摇椅里。爸把她的行李箱搬进屋来，玛丽走过去，打开锁，就像她完全能看见一样。然后她把带回来的礼物一件一件地拿出来。

送给妈的是一个手工编织的油灯垫子，垫子的四周用粗线串了一圈五颜六色的珠子。

"好漂亮呀！"妈开心地说。

玛丽送给罗兰的是用白色和蓝色的小玻璃珠串成的手镯，给卡琳的礼物是用粉色和白色玻璃珠串成的戒指。"噢，真漂亮！真漂亮啊！"卡琳惊喜地叫起来，"而且大小也正好合适！"

玛丽送给格蕾丝的是一个用红色和绿色的珠子穿过铁丝做成的布娃娃的小椅子。格蕾丝小心翼翼地捧在手心，都忘了对玛丽说谢谢了。

"这是给你的，爸。"玛丽说着，递给爸一条蓝色的丝质手帕，"这不是我自己缝制的东西，不过是我亲自去选的礼物。我的室友布兰琪陪我一起去镇里挑选的。因为布兰琪的眼睛没有完全失明，如果颜色很明亮，她是能辨认出来的。但是礼品店老板并不清楚这一点，所以我们就开了一个小玩笑来捉弄老板。布兰琪给我打暗号，告诉我手帕的各种颜色，这样那个老板就以为我们用手摸就能分辨出各种颜色呢。其实，我用手摸了摸手帕，只知道它是绸缎的。哈哈，我们真的把那个老板骗了！"想起那天的事情，玛丽忍不住大笑起来。

玛丽以前也常常会微笑，但是大家很久都没有见过她像小时候一样这么开怀大笑了。看到她如此快乐，而且充满了自信，罗兰觉得送她去盲人学校就是花再多钱也是值得的。

"毫无疑问，这肯定是爱荷华州最漂亮的手帕。"爸说。"玛丽，我不明白你是怎么正确选择这些珠子的颜色的，"罗兰转动着手腕上的手镯说道，"在这个可爱的手镯上面，就是很小的玻璃珠都排列得很整齐。你是怎么做到的？"

"视力正常的人把不同颜色的珠子分别放在不同的盒子里，"玛丽解释说，"我们只需要记住哪种颜色的珠子在哪个盒子里就行了。"

"对，玛丽。你记忆力非常好，所以做这种事情一定很简单。就拿背诵圣句来说吧，你总是比我背得多得多。"罗兰说。

"我记得住那么多的《圣经》章节，这让我们主日学校的老师都感到惊讶。"玛丽说，"而且对我的帮助也很大，就算是用盲文来书写的，我也能轻易阅读。所以我的阅读能力比班上任何人都强。"

"听到你这么说，我真为你感到高兴，玛丽。"妈只说了一句，但是罗兰看到妈的笑容抖动了一下，她比收到玛丽的漂亮礼物时还要高兴。

"这就是我的点字板。"玛丽从行李箱里拿出来一样东西，展示给大家看。这是一块长方形的薄钢板，四周有钢制的框子，跟学校里用的石板差不多。旁边有细长的钢尺。那种钢尺开着好几排四方形的小口，可以上下移动，也可以固定在任何一点上。另外，框架上还用绳子拴着一根钢质的、像铅笔一样的东西，玛丽说这是针笔。

"怎么使用呢？"爸很想知道。

"我示范给你们看。"玛丽说。

只见玛丽把一张白色的厚纸夹在钢板和尺子之间。用尺子滑动到纸张的最上方，确定好位置，然后她拿起针笔，在四方形格子的不同位置上迅速地扎起来。

"好了。"她说着，把纸取下来，翻了个面。凡是针笔扎过的地方，背面都有一个小小的凸点，这样用手指就能感觉出来。凸点会变成不同的形状，这就是盲文。

"我正要给布兰琪写信，告诉她我已经平安到家了，"玛丽说，"我必须再给我的老师写封信。"她把纸翻过来用框子固定好，把尺子垂在下面，这样可以在空的地方点出盲文。

"很快我就能写完。"玛丽说。

"你能给你的朋友写信，而她们也能看懂你的信，这真是太好了！"妈说，"我真不敢相信，在大学会教给你如此方便的工具。"

罗兰高兴得都要哭出来了。

"好了，"爸说，"我们别老是站在这里说话了，玛丽一定饿坏了，到了要做晚餐的时候了，我们先把事情做完再聊天不迟。"

"你说得对，查尔斯。我去准备晚餐，等你们干完活就可以吃饭了。"

爸去照料马，罗兰去挤牛奶，卡琳生起火准备帮妈烤饼干。

等爸从马厩回来时，罗兰已经挤好了牛奶，这时晚餐也准备好了。

大家围坐在桌子旁边吃着美味的晚餐，有土豆煎饼和水煮蛋，还有那些抹着妈特制的黄油的美味点心。爸和妈喝着红茶，玛丽和妹妹们在喝牛奶。"牛奶真香啊，"玛丽说，"我们在学校喝不到这么香浓的牛奶。"

他们想说的话真是太多了，大家彼此都聊了很多，可是似乎还是不满足。明天还有更多的时间可以和玛丽待在一起，可以继续说下去。

到了就寝的时间，一切就像过去一样，罗兰和玛丽又睡到了一张床上。有很长一段时间，罗兰独自一个人睡在这张床上。

"天气暖和多了，"玛丽说，"我就不用再像过去那样，把冰冷的脚放到你身上了。"

"真高兴你回家了，"罗兰说，"即使你放上来我也不会抱怨，我喜欢这样呢。"

第十六章
夏日时光

有玛丽在家，罗兰觉得非常开心，而且她们总是有享受不完的乐趣——听玛丽讲她在学校的生活，大声读书给她听，帮她准备一些衣服，傍晚的时候一起去散步，时间就这样飞一般过去了。

一个星期六的早上，罗兰到镇上为玛丽挑选布料，要给玛丽那件丝绸裙子买一个相配的袖扣和领子。她在一家新开的女帽服饰店里找到了想要的料子，店主贝尔小姐细心地把布料包裹起来，说："我听说你的缝纫手艺不错。我想请你过来帮忙，每天付你五角钱，工作时间是从早上七点到下午五点，午餐自备。你愿意吗？"

罗兰打量着这个地方，感觉很不错，都是崭新的。橱窗里摆满了精致好看的帽子，旁边还有一卷一卷的花边，以及放置好的各种布料。缝纫机上放着一件未完工的衣服，旁边的椅子上也放着一件。

"你看，我这里的工作一个人实在是做不完。"贝尔小姐轻声说道。贝尔小姐很年轻，身材高挑，黑头发，黑眼睛，罗兰觉得她很漂亮，而且和她一起工作一定会很愉快的。

"如果我妈同意的话，我就会来的。"

"要是行的话，星期一早上就过来吧。"贝尔小姐说。

罗兰从店铺里出来，往邮局走去，她要替玛丽把信寄出去。在邮局她遇到了梅莉。梅莉现在正在林场工作，她们俩自从初春那次乘坐马车出去游玩以后，就一直没再见过面。梅莉央求罗兰和她一起去林场。

"好吧。"罗兰说，"我正打算去找麦基先生问问麦基太太和玛蒂现在过得怎么样了。"

她们顺着街道边走边聊，穿过了满是煤渣的铁轨，接着又走上了灰尘四起的大街，来到木材厂的一个角落，然后站在那儿继续聊着。

这时两头套着项圈的牛拉着满是木材的货车慢悠悠地向前走，一个男人走在牛的旁边。就在快到木材厂拐角的地方，牛突然开始快步往前冲。罗兰和梅莉向后退一步避开。那个男人吆喝着，但是牛并没有往左边拐，而是一直朝右走去。

"好吧！随你们的便，爱去哪儿就去哪儿吧！"赶车人不耐烦地说着，接着他看了看两个女孩子。

"阿曼乐·怀德！"

阿曼乐举起帽子，向她们挥了挥，然后急忙赶着牛走了。

"他没有驾马，我简直都认不出他来了。"罗兰笑着说。

"瞧他那一身打扮！"梅莉说，"穿着粗布衣服，还有那双又笨又丑的鞋子。"

"他一定是去地里干活儿了，所以才会赶着他的牛。他是不会让王子和贵妃干这些重活的。"罗兰说。与其说是在向梅莉解释，倒不如说她是在自言自语。

"每个人都在忙着自己的事。"梅莉说，"一到夏天，大家就没有时间玩了。不过奈莉要是有机会的话，一定会坐上阿曼乐的马车出去兜风的。你知道，奈莉家的放领地就在怀德兄弟的放领地东边不远处。"

"你最近见过奈莉吗？"罗兰问。

"我谁也没见到过。"梅莉答道，"女孩子们跟着她们的父亲到放领地去了。凯普整天都在赶着马车拉活儿，班恩在火车站工作，而弗兰克现在连说话的工夫都没有，整日在杂货店给他爸爸帮忙，米妮和阿瑟跟他们的家人一起到放领地去了。还有你，自从四月初走了后，我就再也没有见过你。"

"没关系，等到了冬天，我们大家又会碰面的。而且，如果我妈同意的话，我就要到镇上来做事了。"罗兰告诉梅莉，贝尔小姐请她去店里做针线活儿。

这时，罗兰才发现现在已经接近正午时分了。于是，她去了林场。她在林场只待了一小会儿，麦基先生告诉她，麦基太太和玛蒂都过得很好，不过她们非常想念她。接着，罗兰与梅莉匆匆道过别，就往家里赶去。她在镇上逗留得太久了。所以即使她小跑着回了家，午饭也已经做好了。

"对不起，我在小镇停留太久了。发生了很多事情。"罗兰说。

"怎么了？"妈问。

卡琳也问道："发生什么事了？"

罗兰告诉她们，她遇到了梅莉，还去见了麦基先生。"我和梅莉聊得太久了。"她坦白地说，"时间过得太快，我没注意到都这么晚了。贝尔小姐想让我去她的店里做事，我可以去吗，妈？"

"哎呀，罗兰，为什么呢？我不知道你为什么要去。你刚刚才从麦基太太那里回家呀。"

"贝尔小姐每天会付我五角钱，午餐自备，工作时间是从早上七点到下午五点。"

"这个价钱不错，"爸说，"只要自己自备午饭，就可以提早一小时收工。"

"可是，你回家来是陪玛丽的呀。"妈说。

"我知道，妈，但是我每天早晚都能见着玛丽，而且星期日能整天和玛丽待在一起啊。"罗兰说，"不知为什么，我总觉得自己应该多挣点儿钱才行。"

"有时候就是这样。一旦你开始挣钱，就再也停不下来了。"爸说。

"我一个星期可以挣到三美元，"罗兰说，"还能每天见到玛丽。玛丽，我们有很多时间可以在一起的，对吧？"

"是啊。你不在家的时候，我可以替你做家务事，到了星期日我们还可以一起散步呢。"

"你提醒了我，新教堂已经建好了。"爸说，"明天早上我们可以上教堂去。"

"能去看看新教堂，我感到真高兴啊！我实在不敢相信这里这么快就会有新教堂建成。"玛丽说。

"的确建好了，明天我们去看看吧。"

"那么下周一呢？"罗兰问。

"好吧，你先试着做一段时间吧。"妈说。

星期日早上，全家人坐上马车去教堂。崭新的教堂十分宽敞，长长的椅子坐起来非常舒服。玛丽很喜欢这个教堂，因为她学校的教堂很小。不过来教堂的人好多都是陌生人。回家的路上，她说："好多人不认识啊。"

"有人来，也有人走。"爸对她说，"我刚认识了一个新来的人，他已经将放领地卖掉了。也许是他的家人不能适应这儿的生活，他就将这儿的财产都变卖掉，回东部去了。仍然居住在这个地方的人，每天都必须忙碌着维持生活，所以彼此没有时间认识和交流。"

"没事的，"玛丽说，"我很快就要回学校去了，那里的每个人我都认识。"

星期日吃完午饭，所有的家务事也都做完了。卡琳坐下来看《青年之友》，格蕾丝在门前干净的草地上逗小猫玩。妈坐在摇椅上，守着那扇打开的窗户。爸躺在床上睡午觉。这时罗兰说："来，玛丽，我们去散步吧。"

她们穿过草原向南边走去，一路伴随着野玫瑰的花香。罗兰采了很多花，她让玛丽拿着，直到玛丽都抱不下了。"好香啊！我太想念春天的紫罗兰了，草原上的玫瑰花是最香甜的花。罗兰，我觉得能再回家真的太好了，即使我不能在这里久住。"

"一直到八月中旬前，我们都能待在一起，"罗兰说，"不过这些玫瑰花开不了那么长时间。"

"莫待无花空折枝。"玛丽为罗兰念了一句诗。她们就这样漫步在充满玫瑰花香的暖风中。玛丽谈到了自己在大学里学习的文学。

"我真希望有一天能写一本书。"她对罗兰笑着说，"以前我要去教书，可是你却做了我想做的事。所以呀，也许将来你会写出一本书来。"

"我？写书？"罗兰觉得非常吃惊，"我已经决定好好当一名教书的教师了，就像怀德小姐一样。还是你去写吧，你打算写什么呢？"

玛丽却不再提写书的事，而是问："妈在信里提到了那个怀德家的小伙子，他现在在哪里？我以为他会时常过来呢。"

"我想他正在放领地上忙吧。这个季节每个人都很忙。"罗兰没有提到自己刚在小镇上看到过他。不知道为什么，她一讲起阿曼乐，就会有些难为情。她和玛丽转身往家里走去，把玫瑰的花香也带进了屋子。

忙碌的夏日过得飞快。每个星期，罗兰都会在早晨带着午餐饭盒步行到镇上去。爸总会和她一起去，因为爸在那家新搬来的人家里做木匠活。罗兰在缝制衣服的时候，常常能听到铁锤和锯子发出的声音。她整天都坐在那里不停地忙碌，只有在中午才停下来。有的时候因为工作过度，就会觉得肩膀有一些痛，但是走走就好了。回到家就是美妙的晚上时光。

吃晚餐的时候，罗兰会把在贝尔小姐店中的所见所闻讲给家人听，爸也会把他当天收集到的趣事告诉大家。他们谈论着在工作中和家里发生了些什么事情，庄稼长得怎么样，妈给玛丽做的衣服进展如何，格蕾丝找到了多少鸡蛋，还有那只老母鸡又孵化出来几十只小鸡等等。

有天吃晚饭时，妈提醒大家说："明天是七月四日独立日，我们该怎么过节呢？"

"卡洛琳，我也不知道该怎么庆祝啊。因为我也没办法阻止独立日来临。"爸打趣道。

"查尔斯，"妈笑着说，"那我们准备怎么庆祝呢？"

谁也没有出声。

"你们不要一起回答呀，我听不清楚。"妈也开了个玩笑，"如果我们要庆祝一下，今天晚上就得安排好。玛丽回家了，我一高兴，就把独立纪念日给忘掉了，也没有准备什么东西。"

"我的假期就是全家的节日，对我来说已经足够了。"玛丽说。

"这些天我一直都在镇上做事，我可能会错过这一天的庆祝。"罗兰说，"还好，有卡琳和格蕾丝。"

爸放下刀叉。"我来告诉你们怎么庆祝。卡洛琳，你和女儿们做一顿丰盛的午餐，我到镇里去买些糖果和鞭炮回来。我们就在家里庆祝独立纪念日。你们觉得如何？"

"多买些糖果，爸！"格蕾丝央求说。卡琳急切地说："还要买很多很多的鞭炮。"

独立日这一天，一家人玩得非常开心，他们都觉得比到镇上去看热闹有意思多了。罗兰偶尔会想起，阿曼乐会不会驾着马到镇上去，并且脑海里也闪现过奈莉的身影。要是阿曼乐真想来见她的话，他知道她在哪里。罗兰做不了什么，也不想去做什么。

这个夏天过得太快了。八月的最后一个星期，玛丽回学校去了，家里显得空荡荡的。

爸用木制手柄的大镰刀来收割小麦和燕麦。因为耕地面积不大，买一台收割机很不划算。等玉米成熟后，爸把玉米都采摘下来，堆放在田里。他除了要在农田里干活，还要到镇上去做木匠活，所以每天都很累。因为到这里来定居的人越来越多，这让爸感到很不安。

"我想到西部去，"有一天爸对妈说，"这里的人太多了，连呼吸的空间都没有了。"

"不，查尔斯！咱们的周围不就是广阔的大草原吗？"妈说，"我已经厌倦了居无定所的日子，我只想定居下来。"

"好吧，我也是这样想的。卡洛琳，我觉得我们也该定居下来了，我只是心里有一些不安分而已。不管怎么说，我和美国政府的那场赌局还没赢呢。我们会一直住在这里，一直到赌赢，将放领地变成真正属于我们的土地！"

罗兰知道爸的感受。他眨着迷人的蓝色眼睛，望着西边的大草原。爸是为了她们才选择定居下来的。这就像自己必须去教书一样，虽然自己不喜欢教书，但是为了家人，她也必须坚持下去。

第十七章
训练小马

十月来了，大雁开始向南迁徙。爸把家具装上马车，全家准备搬回镇上居住。其他人也纷纷从各自的放领地返回镇上。教室里坐满了学生。

很多大男孩都不再上学了，有的已经搬到放领地去定居。班恩在火车站上班，弗兰克在店铺里帮工，凯普每天赶着马车送货。但是学校的座位还是不够用，因为小镇上新来了很多人定居，他们的孩子都要来上学，所以年龄小的学生只能三个人合用一张课桌。可以确定的是，明年冬季来临之前，小镇上必须要修建一座更大的学校了。

有一天，罗兰和卡琳放学回家来，看到妈正在前屋陪着客人说话。其中那个男的是个陌生人，而那个年轻女士正微笑着看着罗兰，罗兰觉得和她似曾相识。妈微笑着没说话。罗兰和那个女士彼此对望着。

然后，那个女士笑了起来，罗兰认出来了。她就是堂姐艾丽思呀！当罗兰一家还住在大森林里时，艾丽思、艾拉和皮特曾来小木屋共度圣诞节。那个时候，罗兰总是和艾拉一起玩。罗兰亲吻艾丽思表示欢迎，她问："艾拉也来了吗？"

"没有，他们夫妇来不了。"艾丽思说，"这位你还没见过呢，我的丈夫，亚瑟·怀丁。"

亚瑟个子很高，头发和眼睛都是黑色的。他很随和，罗兰很喜欢他。虽然他们在一起相处了一周的时间，但是这个人还是总给人一种陌生的感觉。艾丽思和玛丽很相像，所以在这里一点儿都不显得生分。

每天罗兰和卡琳一放学就会急忙赶回家，因为她们知道，艾丽思堂姐一定在暖和的客厅里跟妈聊天。

到了晚上，她们会爆玉米花吃，还会做太妃糖，听爸演奏小提琴，然后聊一些往事以及对将来的计划。

亚瑟的弟弟叫李·怀丁，是艾拉的丈夫。他们两家人的放领地紧挨在一起，距离小镇有四十英里的路程。据说他们也要在这个夏天到西部去。

"自从我们在大森林相聚以后，已经过去好久了。现在，我们又在这大草原上会合了。"罗兰那天晚上说。

"要是你的爸爸妈妈也能过来就好了。"妈满怀希望地说。

"我想他们更愿意留在明尼苏达州，"艾丽思说，"而且他们在明尼苏达州过得挺好的。"

"真是奇怪，"爸说，"大家全都在往西边跑，就像一阵又一阵的波浪似的，不断地涌来，又不断地离开，但是大部分人都去了西部。"

艾丽思和亚瑟在这里只停留了一个星期。星期六一大早，他们整理好行李，脚边放着滚烫的熨斗，口袋里装满热乎乎的土豆，坐上雪橇出发了，他们要赶四十英里的路回家去。"请代我向艾拉问好。"罗兰说着，吻别了艾丽思。

今天真是坐雪橇出去游玩的好天气，天气晴朗，气温不到零度，积雪很深，但是没有暴风雪的预兆。不过今年冬天不会再有雪橇聚会了。可能是因为男孩子一周都在赶着马干活。罗兰有时可以远远地看到阿曼乐和凯普在一起，他们正在训练两匹小马，看样子很忙碌。

星期日的下午，罗兰看见他们从屋前经过了好几次。有时是阿曼乐，有时是凯普，他们驾着雪橇，使劲攥着缰绳，不让小马挣脱逃掉。有一天，爸从报纸上抬起头来，说："这两个年轻人啊，总有一个会摔断脖子的，因为镇里没有谁能驯服这两匹小马。"

这时罗兰正在给玛丽写信。她停下来，回想起在那个漫长的冬季里，阿曼乐和凯普冒着生命危险拉回了小麦，拯救了镇上忍饥挨饿的人。

罗兰写完信时有人在敲门。罗兰把门打开，凯普站在门口。他的笑容绽放在脸上，他问："你愿意乘坐小马拉的雪橇吗？"

罗兰有些许沮丧。她喜欢凯普，但是她不想凯普来邀请自己坐雪橇。她马上想到了梅莉和阿曼乐。罗兰此时也不知道该怎么回答他。

凯普接着说道："是阿曼乐让我来邀请你的，因为那两匹小马不肯停下来。如果你愿意去的话，他等一会儿从这里经过时就来载你上雪橇。"

"好的，我愿意！"罗兰高兴地说，"你要不要进来坐一会儿？"

"不用了，谢谢。我去告诉他。"凯普回答。

罗兰匆忙赶到时，马已经开始不耐烦地扬起后蹄踢着雪。阿曼乐抓着缰绳，对她说："很抱歉，我不能扶你！"罗兰自己坐到了雪橇上。她刚一坐下，小马就向着大街狂奔过去。

街上没有别的雪橇。小马在拼命挣扎，试图从阿曼乐紧握着的缰绳中挣脱出来。小马像箭一样，一直跑到了镇上南边的道路上。

罗兰安静地坐在雪橇里，看着马飞奔的后蹄和向后扬起的耳朵。这让她想起了很久以前，她和表姐琳娜骑小黑马的情景。风从她脸上刮过，雪花也飞到了毛毯上面。两匹小马把头高高昂起，在阿曼乐的指引下飞快地跑回镇子。

阿曼乐好奇地看着罗兰。"你知道吗？全镇除了凯普，还没有谁敢坐在这两匹马后面呢！"

"爸也这样说。"罗兰回答。

"那你为什么还敢来？"阿曼乐问。

"因为我想你能驾驭它们。"罗兰反问，"你为什么不用王子和贵妃来拖雪橇？"

"我要把这些小马驹卖掉，所以必须要先驯服它们拉雪橇。"

罗兰没有再说什么，那两匹小马又想狂奔。它们向回家的方向跑着。阿曼乐拉着小马的缰绳，操纵着小马，现在他必须把全部的精力都集中起来。主大街从眼前一闪而过，跑到北边的草原上时，阿曼乐收紧缰绳，让它们又掉转过头来。

罗兰大笑着说："如果这就是在训练它们的话，那我很高兴能帮你这个忙。"

他们闲聊了一小会儿后，太阳开始落山。等雪橇经过罗兰家门口时，阿曼乐勒住小马，让罗兰赶快跳下雪橇。"星期日我来找你！"阿曼乐说。

罗兰还没来得及回答，那两匹小马就跳跃起来，向前飞驰而去。

"看着你坐在那两匹马后面，我担心死了！"罗兰进门的时候，妈说道。

从此以后，每个星期日下午阿曼乐都会带罗兰坐雪橇。不过，他会先和凯普赶着那两匹小马跑上大半天，让它们变得安静之后，才会让罗兰坐上去。在这两匹小马消耗掉野性之前，不管罗兰怎么请求，阿曼乐都不让她坐上雪橇。

这年的圣诞节，教堂里摆放了一棵圣诞树。罗兰和卡琳记得，还是很久以前在明尼苏达州见到过圣诞树，而格蕾丝从来没有见到过。当格蕾丝看到那棵圣诞树上的蜡烛发出柔和的光，网状的袋子里装满了糖果和礼物时，脸上焕发出了兴奋的光彩。这让罗兰觉得今年的收获比往年更多。

格蕾丝的圣诞礼物是一个玩具娃娃。罗兰没想到这时候自己收到了一份礼物，她感到很意外，心想一定是弄错了。这是一个小小的黑色皮盒，内侧镶嵌着蓝色的绸缎，里面放着纯白的象牙做的发刷和梳子。包装纸上面清楚地写着她的名字，她不认识这个字迹。

"会是谁送了我这么好的礼物呢？"她问。

爸也过来欣赏这份礼物。他眨了眨眼睛。"我不确定是谁送你的，罗兰，"他说，"不过我得告诉你一件事。我看见阿曼乐在布莱德的店里买了个这样的盒子。"他面带微笑，看着罗兰一脸惊奇的模样。

第十八章
佩里学校

早春三月的风仍然很大。在一个星期四下午，罗兰放学回家，她感觉有些喘不过气来。不仅是因为风的缘故，还有她刚听到的那些新闻。她还没来得及讲，就听见爸说："卡洛琳，你准备好了吗？这周我们就搬到放领地去。"

"这周？"妈惊讶地问道。

"学校管理处要在佩里的放领地上建一所学校，就在我们的放领地南边。他们想雇我为监工。所以在开工之前，我们就必须搬过去。如果我们这周搬过去，就有足够的时间在四月一日之前把学校建好。"

"查尔斯，我们随时都能搬啊。"

"那就后天吧。还有一件事，佩里先生说学校想让罗兰到那里去教书。罗兰，你觉得怎样？可是你必须考一张教师资格证。"

"我当然很想在家附近的学校教书。这也是我刚得到的消息。明天就要举行教师资格考试了，欧文老师今天才宣布。考试明天在教室进行，我希望可以拿到一个二级的证书。"

"我认为你行。"卡琳信心百倍地鼓励她，"你功课学得那么好。"

罗兰还是有些担心。"我没有时间复习了，如果我能够通过的话，那完全是靠平时的成绩得来的。"

"罗兰，那样最好了。"妈说，"如果你在匆忙中去复习的话就会觉得慌张。如果你能拿到二级教师资格证，我们都会很高兴的。要是三级证书也挺好的。"

"我会尽力的。"罗兰说。

第二天早上，罗兰独自前往校舍参加教师考试，不免有些紧张。往日熟悉的教室有些陌生，里面坐着几个她不认识的人。威廉姆斯先生坐在课桌前，而不是欧文老师。

考题已经写在了黑板上。教室里很安静，只听得见钢笔在纸上沙沙作响的声音。不管大家是否做完，威廉姆先生都要按时收起考卷，然后就在课桌旁判分。

罗兰总是能够按时写完自己的试卷。那天下午，威廉姆先生面带微笑地递给她一张证书。罗兰看着威廉姆先生脸上的微笑，不用看卷子上的成绩就已经知道肯定是二级证书。

罗兰几乎快要跳起舞来。她兴高采烈地走回家，一边走还一边在内心欢笑与呼喊。她安静地把证书交给了妈，看见妈的脸上立刻浮起开心的笑容。

"我就知道，你可以的！"卡琳喊道。

"我知道你可以通过。"妈夸奖道，"只要你不担心第一次和陌生人一起考试，就一定没有问题。"

"现在，我还要告诉你另一个好消息。"爸微笑道，"佩里先生说学校决定在三个月的教学中，每个月支付你二十五美元。"

罗兰惊讶得说不出话来，好半天才说了一句："哇，不得了！爸，我岂不是每天有将近一美元的收入了吗？"

格蕾丝的蓝色眼睛睁得溜圆。她说："罗兰就要成富人了。"

大家都高兴地大笑起来。格蕾丝不知道他们为什么笑，也跟着大家一起笑。

当他们安静下来的时候，爸说道："现在我们要赶紧搬到放领地去，开始建学校了。"

三月中旬的时候，罗兰和卡琳每天从放领地走到学校去。虽然刮着风，天气却很温暖。每天下午她们回家的时候，都会发现南边的校舍在逐渐崛起。到了三月底的时候，佩里家的男孩们把整个房子刷成了白色。这座学校简直太美了。

罗兰穿过矮小的草丛向学校走去的时候，发现碧绿色草地上的白色教室就像冰雪一样，干净的玻璃在早晨的阳光下闪闪发亮。

七岁大的小克莱德正拿着一本初级课本在教室前面玩耍。他把新教室的钥匙交到罗兰的手上，紧张地说："我爸让我给您送来的。"

教室里面也很明亮。新的木材墙壁非常干净，散发出一种树木特有的香气。阳光从东侧的窗口射进来，教室正面的墙壁上装了一块又大又新的黑板，黑板前面有教师的讲桌，桌上放着一本《韦氏大词典》。

教室里有三排新买的课桌，每张桌子都刷了漆，很有光泽，和讲桌也很相衬。两边的课桌紧贴着墙，中间有通道，每排有四张桌子。

罗兰在门口站了一会儿，看着这间新装修的教室。然后她走向讲桌，把午餐盒放在桌下，把遮阳帽挂在墙上的挂钩上。

大词典旁还有一个小小的时钟，现在时间是早上九点钟。罗兰想，这钟昨晚肯定上过发条了。简直没有比这教室更完美的地方了。她听到门口有小孩子的声音，便去把孩子们请进来。

在克莱德身旁，有一个小男孩和一个小女孩，他们都是约翰逊家的孩子，读二年级了。学校的全部学生就只有他们三个，而且这个学期也不会再增加。罗兰觉得只教三个学生每个月就挣到二十五美元，

实在是太多了一些。但当她回家告诉家人时，爸说："三个孩子所接受的教育和十二个孩子的教育是一样的，所以，你只要把这几个孩子教好，就应该得到相应的报酬。"

"但是，爸，"她说道，"每个月是二十五美元啊！"

"你不用太介意这件事，"爸说，"他们乐意给你这份薪水，因为在更大一点儿的学校，老师一个月可以领到三十美元呢。"

既然爸都这样说了，那就不会错了。罗兰决定要给这几个孩子最好的教育。他们学得很努力，除了阅读和拼写外，她还教学生们加法减法。她为他们的进步而自豪。

那一年的春天是罗兰最幸福的岁月。每天早晨，她都要走过一片开满紫罗兰的洼地到学校去。学生们都聪明乖巧，他们和罗兰一样，小心翼翼地避免弄坏新教室里的每一件东西。罗兰把自己的功课也带到了学校。当学生们自习的时候，她就看自己的书，有不懂的地方就查字典。在课间休息时，学生们去玩，她就开始编织花边。她可以一边做手工，一边看着窗户外边互相追逐的云朵。过完快乐的一天后，罗兰又会穿过那片紫罗兰，回到自己的家。

到了星期六，罗兰也会穿过草原向西走，到布朗牧师家中去拜访艾达，差不多要走一英里半的路，而且还有一个高地，艾达和她每次都会爬上去，可以看到十六英里外的威灵斯顿山脉，它就像一片星云似的飘在地平线上。

"那座山太美了，我真想跑过去看看。"罗兰有一次这样说。

"或许你到了那儿，就会发现那只是一座山而已，就和我们这儿一样，只长着一些牧草。"艾达说着踢了一下脚边从去年的草皮上冒出来的青草。从某方面来说，艾达说的是对的，但也不全对。罗兰不知道该怎样来表达自己心中的感受，但是，对她而言，威灵斯顿山脉可不仅仅是一座长着牧草的小山丘。它那模模糊糊的轮廓，夹杂着那种来自远方的神秘感，这些都让罗兰对那个地方充满了向往。

傍晚，罗兰走在回家的路上还想着威灵斯顿山脉，想着山峰在蓝天下投下的神秘的阴影，真是魅力无穷。她真想翻过那山峰，去看看山外的风景。

罗兰现在能感受到爸对西部的那份情感了。可是她知道，她必须和爸一样，安于现状，去学校教书。

一天晚上，爸问她准备怎么花自己的那笔工资。

"当然是交给您和妈。"罗兰说。

"我来跟你说说我的打算吧。"爸说，"玛丽回家的时候，我们需要为她准备一架风琴，她就可以弹奏在学校里学的音乐，这样你们几个也能受益。镇上有人要回东部，想把他的风琴卖掉，我可以用一百美元把它买回来。那是架好风琴，我试过。如果你愿意把你的工资拿出来，我就可以再添二十五美元。另外，我还打算盖一间屋子，这样就有地方放置和演奏风琴。"

"我很愿意帮家里买一架风琴，"罗兰说，"但是，我要教完书后才能领到钱。"

"罗兰。"妈插话道，"你应该为自己买些新衣服。你的印花衣服还可以穿到学校去，但是你需要一套新的夏装。你去年那套细麻布裙子已经没法再穿了。"

"我知道，妈，但是我们也需要风琴。"罗兰说，"我想我可以回到贝尔小姐那里去工作，挣些钱买衣服。现在的问题是，我还没拿到那笔工资啊。"

"你肯定会得到的。"爸说道，"你确定想要一起买风琴吗？"

"当然了。"罗兰说，"没有什么比买风琴更让人开心的了，因为等玛丽回家的时候就可以弹奏它了。"

"那就这样定了。"爸高兴地说，"我会先支付二十五美元的定金，那家人也十分相信你可以拿到你的工资。我真想庆祝一下啊。把我的小提琴取来吧，小家伙们，我们先欣赏一段没有风琴的音乐吧！"

于是，全家人围坐在客厅里。爸拉着小提琴唱起歌来：

大家举起酒杯，

为那豆蔻年华的姑娘，

为接近花甲的妇人，

也为了那些富贵显耀的女王；

请大家再举起酒杯，

敬勤俭节约的家庭主妇，

敬有着美丽酒窝的姑娘，

敬一个有蓝色眼睛的姑娘。

这时，爸的小提琴变了音调，声音也变了。这一次大家齐唱起来：

啊，我要去南方看我的萨利，

她整天唱着快乐的歌谣。

萨利是一个活泼的姑娘，

整天唱着快乐的歌谣。

再见了，我的天使，

我要去路易斯安那，

去见我的萨利，

她整天唱着快乐的歌谣！

夜幕降临，大地一片漆黑，夜空中挂着大大的星星，在接近地面的远方闪闪发光。爸继续拉动着琴弦，唱着歌。

这时，爸说："这首歌献给我的女儿们。"然后，他就配合着小提琴声轻柔地唱了起来：

那些金色的年代啊，

快乐的，快乐的金色年代，

现在都随风而逝了，

那些快乐的金色年代，

再也回不来了，

留住甜美的记忆，

快不要让它飞走，

啊！那些金色的年代。

音乐渐渐飘向远方，罗兰的心思也徜徉在春天的星空下。

第十九章
棕色连衣裙

既然妈提到了做衣服的事情，罗兰认为她现在确实也该做一件了，于是星期六一大早，她就到镇上去拜访贝尔小姐。

"我真的非常高兴你能过来帮我，"贝尔小姐说，"镇上一下来了这么多人，我真忙不过来。不过，你不是在学校教书吗？"

"星期六不用教书，如果您愿意的话，从七月起，每个星期六我都可以过来工作。"

于是每个星期六罗兰都在贝尔小姐的店里帮工。到这学期结束之前，她就可以购买足够的布料来做新衣服，那些布料是贝尔小姐从芝加哥带来的。每天晚上回家的时候，罗兰都有一些新的东西可以看，妈在用新布料给她做衣服，爸在忙着建造那座用来放置风琴的房子。

新房子建在家的东面，房间北侧临街设置了一个门。在东面和南面的墙上安装了玻璃窗，在南面的玻璃窗下，爸还做了一张很矮但是很长的椅子，可以当作另外一张床来用。

一天晚上，当罗兰回到家中的时候，房子已经建好了。爸买回了风琴，就放在靠门的北墙。真是一架好看的风琴啊，是用胡桃木做成的。风琴的突出部分高得几乎要接触到天花板，下面有三个小圆镜子，牢固地嵌在胡桃木的木材里。乐谱架的两端有烛台。乐谱架稍稍向后倾斜着，上面雕了镂空的旋涡形图案，背后有一块红布衬着，打开之后就是放置乐谱的地方。乐谱架下面有光滑的木板，要是把它折起来，就可以放进风琴里面。如果把它伸开，就可以把键盘盖上。琴键上方是一排改变音调的琴键，上面标注了颤音、强音等名词。键盘下面有两个操纵杆，使用时只要把它们拉出来，演奏者的膝盖把它向外推，琴声就会变得非常响亮。离地面不远的地方有踏板，弹琴者可以用双脚踩踏。这架漂亮的风琴还有一只胡桃木做成的琴凳，凳子是圆形的，由四只有弧度的凳腿支撑着。格蕾丝太喜欢这个凳子了，一直挡在那儿，罗兰都不能好好看看这架风琴。

"罗兰，快看！"格蕾丝说。她坐在凳子上打着转。凳子中间是用螺丝固定的，所以随着格蕾丝的转动它就能改变高度。

"这个地方以后就不能再叫小棚屋了。它现在是一栋真正的屋子，有四个小房间呢。"妈说。

妈把白色的窗帘布挂了起来，窗帘的边上还有蕾丝花边。一个装饰用的黑色隔板摆在了朝南的窗户上，这样就可以把瓷器娃娃放在窗边的隔板上。东侧的窗户下面有两把摇椅，南侧的窗户下面是那个木质的长椅，上面铺着色彩亮丽的编织垫子。

"坐在这样的房间里做针线活儿，实在是太舒服了。"妈开心地说，"罗兰，我会快点儿把你的衣服缝好，这样到星期日的时候你就可以穿上它了。"

"不着急。"罗兰说，"等我的新帽子做好，我才会穿上那件裙子。贝尔小姐还在帮我缝制帽子，但我还需要两个星期的工作时间来付清买帽子的钱。"

"罗兰，你觉得这架风琴怎么样啊？"爸刚从马厩回到屋里，而卡琳正在另一间屋子里挤牛奶。那个房间现在已经作为厨房使用了。

"我的天啊！格蕾丝！"妈叫道。格蕾丝和风琴的凳子一起倒在地板上。格蕾丝一声不吭地坐了起来，她吓坏了，就连罗兰也被吓到了，因为风琴的凳子被分成了支架和座位两部分。这时，爸笑了起来。

"没事的，格蕾丝。你只是把螺丝摇松了。"然后爸又严厉地说道："但是，以后不准再玩这个了。"

"好的，爸。"格蕾丝说完就想站起来，但头却有点儿晕，罗兰把她扶了起来，然后告诉爸她非常高兴能用自己赚的钱买了这架风琴，她现在已经迫不及待地想听到玛丽的风琴与爸的小提琴弹出的协奏曲了。

吃晚饭的时候，妈又提到这里完全不像是简陋的棚屋，厨房只摆着炉灶、桌椅以及各种炊具，显得非常宽敞。

"明年，这块地也不再是申请中的土地了。"爸说道，"也就是说，再过十八个月，我们就可以得到所有权。到时候，这块土地就真正变成我们的了。"

"查尔斯，我并没有忘记这一点。"妈说，"等我们向政府申请这块土地的时候，它的所有权就将归我们，所以这里就将成为我们的家了。"

"如果明年一切顺利的话，我会把这栋房子重新粉刷一遍。"爸说。

到了下一个星期六，罗兰将新帽子取了回来。罗兰把帽子用纸包着，生怕沾到灰尘，小心翼翼地拿回家。

"贝尔小姐说我最好先拿回来，不然怕被别人买去了，她说我可以用以后做工的钱来还。"

"你的新衣服已经做好了，明天你就可以戴着新帽子去教堂了。"妈说。那件闪闪发亮的棕色连衣裙就摆在罗兰的床上，熨得平平整整。大家对这套新衣服赞美了一番。

"罗兰，让我们看看你的帽子吧。"卡琳说。但罗兰不想这个时候打开包装。

"还不行。"罗兰说，"在我没穿上新衣服之前，你们不能看帽子。"

第二天早上大家早早地起床了。早上的空气清新宜人，阳光灿烂，鸟在高声歌唱，阳光照在露珠上。卡琳穿好要外出的衣服，头上系了一条丝带，然后就静静地坐在那里看着罗兰穿新衣服。

"罗兰，你的头发真好看！"她说。

"只可惜我没有玛丽那种美丽的金发。"罗兰答道。但是，当她站在阳光下梳理的时候，也觉得它们非常好看。虽然发丝很细，但头发长得很厚，如果不扎起来，几乎长到膝盖呢。她把头发往后梳理整齐，然后编成辫子，盘起来，用发夹固定好。接着，她又用一种卷发器把前额的刘海儿仔细地梳理好。罗兰在衣领周围系了一条五公分宽的丝带，然后用妈送给她的珍珠别针固定住，这样一来丝带的末端就垂到了腰部。她又穿上白色蕾丝筒袜和擦得锃亮的黑色高跟鞋。

直到这时，罗兰才打开新帽子的包装。卡琳看到帽子，就不禁赞叹了一声。那顶帽子是用绿色的麦秆编制成的，它完全盖住了罗兰的头部，就像是一朵花包住了她的脸。帽子的里衬是蓝色的丝绸，丝带也是蓝色的，这些恰好将罗兰那美丽的蓝眼睛完美地衬托出来。

卡琳跟着罗兰走出房间，爸妈和格蕾丝都准备好了。爸从罗兰的头顶一直看到脚尖，然后说："都说只要羽毛长得美，鸟才会变美。可事实上我觉得，只有漂亮的鸟才配得上漂亮的羽毛。"罗兰高兴得说不出话来。

"你看起来美极了。"妈也连声称赞，"但是记住，漂亮的人也要有优雅的举止才可以。"

"知道了，妈。"

"这帽子真有意思。"格蕾丝说。

"这不是一般的帽子，这是一顶遮阳帽。"罗兰说。

卡琳说："等到我成年了，也要自己挣钱买一套这么漂亮的衣服。"

"那时候你的衣服一定会更漂亮。"罗兰快速地说道，因为她从来没认为自己已经成年，是一位年轻女士。但她确实已经成长为一位年轻的女士了，她的头发盘了起来，裙子也放到拖地那么长。不过她不敢确定在心理上是不是也认同这一点。

"快点儿，"爸说道，"马车在等呢，如果我们不抓紧，就要迟到了。"

这一天，风和日丽，所以罗兰真不想待在教堂里。布朗牧师的布道显得比往常更加无聊。窗外的大草原生机勃勃，一片绿色，拂面而过的春风似乎在召唤着她。在这样的日子里，她觉得如果仅仅是到教堂做完礼拜就回家，那真是辜负了这大好时光啊。

一回到家，妈、格蕾丝和卡琳就换上了平日里穿的衣服，但罗兰不想换下来，便问道："妈，如果我围上围裙，小心一点儿，可不可以继续穿着这套衣服？"

"你想穿就穿吧，"妈说，"只要你小心点儿，应该不会弄脏的。"

吃过午饭收拾好之后，罗兰就走出了屋子。天空湛蓝，云朵像珍珠般挂在天空，大草原一片翠绿。房子周围是一排杨树。爸当年种下的小树苗，现在已经长到有罗兰两倍高了。这些树伸开了细小的树枝，叶子在风中沙沙作响，阳光透过树叶，在地面形成了一小片树荫。罗兰朝镇上的方向望去，看到一辆马车绕过店铺，朝大沼泽方向直奔过来。

那辆马车很新，所以车身和车轮都反射着太阳光。两匹马是棕色的，正向罗兰这边快速奔跑。这不是阿曼乐的那两匹马吗？当它们穿越沼泽地的时候，她看到驾车的是阿曼乐。马车的速度渐渐慢了下来，在罗兰身边停住了。

"你愿意跟我一起出去兜风吗？"阿曼乐问。

"是的，我想去。请等我一分钟。"罗兰说着回到屋里戴上遮阳帽，告诉妈她要出去逛逛。卡琳的眼睛扑闪扑闪的，她踮起脚在罗兰耳边低声说道："幸亏你没有脱下这件新衣服。"

"是的。"罗兰也小声地回答她。阿曼乐很小心地把防尘布盖在她的新裙子上。一切准备好之后，马车就沐浴着午后的阳光，往亨利湖的方向驶去。

"你觉得这辆新马车怎么样？"阿曼乐问。

这是一辆很漂亮的马车，漆黑发亮，轮子上的辐条是红色的。座位很宽，而且还有一个折叠式的棚子，靠背的地方有弹簧，所以靠起来非常舒服。罗兰还从来没看到过这么豪华的马车。

"马车非常漂亮啊。"罗兰背靠着那个舒服的垫子说，"我第一次坐有靠背的马车。"

"可能这样会更舒服。"阿曼乐说着将一只胳膊搭在了靠背上。他并不是搂着她，但他的手臂已经触到了罗兰的肩膀。罗兰耸了耸肩，但阿曼乐并没有把手抽回来。于是，罗兰往前移了移身子，然后摇了一下放在挡泥板上的缰绳，这样小马就开始奔跑。

"你真是个淘气包！"阿曼乐只好站起来，双手紧握着缰绳用力地控制着这两匹小马。过了一会儿，小马就恢复了缓慢的步伐。

"它们要是跑掉了，怎么办啊？"阿曼乐生气地说道。

"那么它们就会自由地奔跑，一直跑到草原的尽头。"罗兰大笑着，"而且不会有什么东西能挡住它们的脚步。"

阿曼乐很想对罗兰说些什么，但是最后他只说了一句："你说的也没错。你很独立，是吗？"

"是啊。"罗兰说。

那天下午他们跑了很长一段路，一直跑到了亨利湖附近。亨利湖和汤普森湖之间只有一条狭长的小道，只容得下一辆马车通过。杨树排列在湖的南岸，根部还有那些野生的藤蔓植物。风吹过湖面，掀起波光粼粼的小水纹。

这时，阿曼乐说："你知道吧，我有一片农场，还有一片林地，所以我必须在两个地方工作。除此之外，凯普和我还得把树木运到很远的地方去，帮别人盖房屋、学校。因此我必须和他合作，赚钱来买这辆新马车。"

"那你的旧马车呢？"罗兰问。

"去年秋天我就用那辆车换了这两匹小马。很庆幸在冬天的时候我已经教会这两匹小马拉雪橇。不过到了春天，我又想要一部马车。要是我之前就有马车，我早就带你出去玩了。"

他们一边聊天，一边驶过了两个湖泊之间，然后绕过亨利湖的边缘，朝着北方的草原驶去。罗兰偶尔能看到刚建好的农场小屋，有些屋子旁边还有马厩，有些人家已经开始开垦土地了。

"这个地区，房屋建得太快了。"阿曼乐说。他沿着银湖岸边向西驾着马车。"我们只走了四十英里，就看到了六栋房子。"

马车跑到罗兰家门口，阿曼乐扶着她下了马车。这时候，太阳已经下山了。

"你要是像喜欢坐雪橇一样喜欢坐马车，下个星期我再来带你出去玩。"

"我很喜欢坐马车。"罗兰说。说完又一下子觉得有些不好意思，赶紧跑回到屋子。

第二十章
奈莉·奥尔森

妈说:"事情要真发生了,肯定会接连不断地发生。"也真是奇怪,星期三的黄昏,有个住在附近放领地的年轻人过来邀请罗兰星期日一起坐马车出去玩,然后星期四,又有一个青年邀请罗兰。星期六,罗兰一个人走路回家的时候,又有个年轻人追上罗兰,热情地提出要送她回家,并极力邀请她星期三和他一起出去玩。

那个星期日,罗兰和阿曼乐一起驾车朝北驶去,途经阿曼乐的两块放领地。阿曼乐的农地上有一栋小屋,树林里却没有任何建筑,只有一些茁壮成长的小树。这些小树都是阿曼乐在用心地照顾着,而且需要花费五年的时间,这样才能申请到这片林地的所有权。

"那些政府的专家们都规划好了,"他对罗兰说,"他们想在从加拿大到印第安保留区的这些草原上种满树,现在已经选好了种植的品种。那些土地只能当作林地使用。如果这些树能有一半存活,这一带就会变成和东部一样的森林。"

"真的吗?"罗兰吃惊地问道。她还是无法想象这片草原会变成威斯康星州的那些森林。

"嗯，时间会证明一切的。"他答道，"不管怎么说，这一带就会变成和东部一样的森林。"

这是一个风景优美的湖泊。阿曼乐驾车沿着崎岖的湖岸往前走，湖水很深，被风吹起的波浪一波又一波地打上来。湖的附近有印第安人堆起的土堆，传说那是一些墓地，但谁也说不准。岸边的杨树树叶伸上天空，根部缠满了野生的藤蔓植物。

在回家的路上，他们经过了奥尔森家的放领地。奥尔森家的放领地就在距离阿曼乐放领地东边一英里的位置。罗兰以前从未见过奈莉的家，现在她真替奈莉感到难过，因为她的家看上去那么小，孤零零地矗立在草丛中。奥尔森先生没有马，只有两头耕地用的牛，土地也不像罗兰家的土地那样被精心地耕种过。但罗兰这个想法也只是匆匆掠过，因为她可不想因为想起奈莉而破坏掉这么美好的一天。

"再见了，咱们下个星期日再见！"阿曼乐说完就驾着马车离开了罗兰家。罗兰对自己家附近又有了一种陌生而新奇的感觉，因为她今天看到了亨利湖、汤普森湖和印第安人的土丘。她非常想知道下个星期日会是怎样的。

星期日到了，当马车向她家驶来的时候，她惊讶地发现，阿曼乐和另外一个人坐在马车上。她好奇地想，那个人会是谁呢？今天我们还会不会一起去远行呢？

当马车在她家门口停下来的时候，她看见竟然是奈莉和他坐在一起！还没等她说话，奈莉就大叫道："罗兰，快上来！"

"需要帮忙吗，阿曼乐？"爸走到小马旁边问道。阿曼乐说那太好了。于是爸勒住缰绳，阿曼乐扶着罗兰上了马车，虽然罗兰心中有些不情愿和奈莉同坐一辆马车，但她还是爬了上去。奈莉给她让出了一个位置，还给她盖好防尘布。

马车才刚刚出发，奈莉就说起话来。她说她非常喜欢这个马车，也非常喜欢这两匹小马，并且称赞阿曼乐的驾车技术，还对罗兰的衣服赞美了一番。

"啊，罗兰，你的遮阳帽实在是太漂亮了！"奈莉说话总是不给别人回答的时间。她说她很想去看看亨利湖和汤普森湖，她只是听说过它们。"今天天气真好，我们去的地方也很适宜。但是这里还是无法和纽约州相比。因为在西部这么偏僻的地方，找不到和纽约相媲美的城镇。"

"罗兰，你怎么不说话呢？"她不停地问，然后又马上笑道，"我的舌头就不能安静下来，它要一直动个不停呢。"

罗兰的头很痛。她的耳旁一直嗡嗡作响，她气极了。阿曼乐似乎很享受这次远行，至少他装出了一副很快乐的样子。

他们还是去了亨利湖和汤普森湖，马车沿着湖泊之间那条狭长的路面行驶着。奈莉说这里的湖水真的太美了，她喜欢这里的湖水和藤蔓植物，更喜欢星期日出来玩……

他们回来的时候，太远已经落山了。因为罗兰的家最近，他们就先在她家停了下来。

"我下个星期日再过来。"阿曼乐扶着罗兰走出马车时说道。奈莉立刻接着说道："是的，我们会来接你的。今天不是玩得很好吗？那么下个星期日再见了！"阿曼乐和奈莉朝镇上的方向驶去了。

整整一个星期，罗兰都在考虑到时要不要去。和奈莉一起去玩一点儿意思也没有。但要是她不去的话，那正是奈莉所期望的啊。这样一来，她每周都可以找到理由跟阿曼乐一起去远行了。所以罗兰还是决定要去。

星期日的情况和上次一样。奈莉一直不停地说着话，她兴致很高，一直和阿曼乐有说有笑，完全忽视了罗兰的存在。她肯定很得意，因为她知道罗兰不能忍受这种状况。

"啊，阿曼乐，你把这两匹小马训练得太棒了，而且你手拉着缰绳的姿势非常好看。"她亲密地靠在了阿曼乐的肩膀上。

罗兰弯下身子，将防尘布裹在脚上，可防尘布却被强风吹了起来，啪啪作响。这可把两匹小马吓着了，它们立即狂奔起来。奈莉吓得尖叫，紧紧抓住阿曼乐的手臂，可阿曼乐那时正努力用手去控制马。罗兰却若无其事地坐在旁边，把防尘布塞好。这样小马也很快安静了下来，恢复了小跑的状态。

"啊，我从来没有这么害怕过，马真是野蛮的家伙。阿曼乐，它们怎么会变成那样呢？你快让它们停下来吧！"

阿曼乐瞟了罗兰一眼，什么也没说。

"假如你懂得马的话，它们还是非常可爱的。"罗兰说，"当然，你们纽约州是没有这种马的。"

"嗯，我不了解这些西部的马，纽约的马可温驯了。"一提到纽约，奈莉又滔滔不绝地说个没完，仿佛她真的什么都知道一样。罗兰对纽约一无所知，但她知道其实奈莉也不了解，但是阿曼乐非常了解。

快要掉头回家的时候，罗兰说："波斯特家就在附近，我们是不是应该去看看他们呢？"

"如果你愿意，我们就去。"阿曼乐说道。他们没有掉头向西，而是直往前走，穿过火车轨道，在大草原上走了一会儿，来到了波斯特先生的放领地。波斯特夫妇朝马车走过来。

"哈哈，这小马车带来了三位客人呀。"波斯特先生眨着黑眼睛说，"马车的座位比雪橇的宽啊，雪橇只能坐两个人。"

"马车就是不一样呢。"罗兰说道。

"它们好像……"还没等波斯特先生说完，波斯特太太插话说："波斯特，你不请人家下来，进屋去坐坐吗？"

"我们不进去了。"罗兰说道，"我们只是过来问候您一声。"

"我们出去远游经过这里。"阿曼乐说。

"我们马上就要回去了。"奈莉肯定地说。

罗兰很快地反驳道："我们再往前走会儿吧。我从来没有走过这条路。阿曼乐，还有时间吗？"

"北边的路还不错。"波斯特先生说，他看着罗兰笑了笑。她确定他明白她的心思，因此她也向他笑了笑。阿曼乐便驾车继续向北走。

马车在波斯特先生的放领地前面缓慢行驶，而横断的银湖则伸向东北的沼泽边缘。这条路曲折地通往镇上，但是泥泞不堪，不适合马车通过。罗兰当然早就知晓。

"真是莫名其妙，这也叫好路啊？"奈莉一直在抱怨。

"刚才不是都很好吗？"罗兰说。

"嗯，我们再也不要来这里了！"奈莉生气地说。可很快她就恢复了她的好心情，说没有见过比阿曼乐更好的驯马师了，而且有这么好的马，她才能玩得非常高兴。到了下一条路向西拐就是奈莉的家，到了门口，阿曼乐扶她下车。奈莉紧握着阿曼乐的手说："下周我们去另外一条路，怎么样，阿曼乐？"

"啊，奈莉，我真的不知道你不喜欢我选的那条路。对不起。"罗兰说。而阿曼乐只是说："再见。"然后就上车坐到罗兰身旁。

在驾车回镇上的路上，两人都沉默了很久，然后罗兰说："走那条路是不是耽误你做工的时间了？"

"这个没关系，现在白天比较长了，我又不用照看奶牛。"阿曼乐说。然后他们又安静了下来。罗兰觉得和有说有笑的奈莉比起来，自己真是很无趣。但她还是下决心，让阿曼乐自己做出选择。她不会抓着他不放的，她只是看不惯奈莉那种自以为是的样子，以为每个女孩都无法和她竞争，罗兰就觉得这一点不可原谅。

到家了，阿曼乐和罗兰站在马车旁，他说道："我想我们下个星期日还可以出去吧？"

"如果是三个人的话我就不去了。"罗兰说，"如果你想带奈莉出去玩，那你就带她去吧，但不要来叫我了。晚安，谢谢。"说完，她就静静地进了屋，关上了门。

她每天走在去学校的路上就会想：这个星期日阿曼乐还会不会来接我呢？当三个学生在勤奋学习的时候，罗兰也会暂时放下课本，凝视窗外的草地和白云，心里想着这些事情。如果阿曼乐不来的话，他们两个也就结束了，不过一切都要等待下个星期日才知道结果。

星期六的时候，她去小镇上贝尔小姐的店里帮了一整天的忙。爸在家犁地，他想扩大小麦种植面积。罗兰在邮局停下来看看有没有信，还真有一封玛丽写来的信！她迫不及待地想赶回家听妈念信，因为信上会提到她回家的时间。

对于家里添了一部风琴以及又盖了一个房间的事情，没有人写信告诉玛丽。因为大家都想给玛丽一个惊喜。

"妈，玛丽来信了！"罗兰冲进屋大叫着。

"我来做饭，妈，你去念信。"卡琳说。于是妈就从头上取下发卡，小心地划开信封，坐下来看信。她展开信纸，不过一会儿脸上喜悦的光芒就消失了。

卡琳疑惑地看了罗兰一眼，罗兰平静地问："妈，怎么了？"

"玛丽说不想回家了，"说到这里，妈又补充说，"不，不是这个意思。她问她是否可以去布兰琪家过假期。卡琳，搅一下土豆，不然就煮糊了。"

吃晚饭的时候，大家都在讨论这件事情。妈大声地读着信。玛丽说布兰琪家离文顿市不远，而且布兰琪的妈妈也邀请她去玩。如果爸妈同意的话，玛丽想去。

"我想，玛丽还是去比较好，这样对她也有好处。"妈说。

爸也同意妈的说法，于是就这样决定了。今年的假期，玛丽就不会回家了。

后来，妈对罗兰说，玛丽念完书后就要留在家里，她很可能就再也没机会旅行了。所以她应该趁着年轻享受自己的生活，多交一些新朋友。

"这些都会给她留下美好的记忆。"妈说。

但是星期六的晚上，罗兰觉得心情糟透了，认为一切都无法再回到从前了。第二天早上，尽管艳阳高照，但这些都消除不了罗兰心头的阴霾。

在去教堂的路上，她对自己说道，她这辈子只会坐这种货车到教堂去。其实她也在想，今天阿曼乐一定会带着奈莉去远行。

然而，当她回家后，她还是没有换下新衣服，而是围上了围裙就开始做家务。时间过得很慢，等到了两点钟时，罗兰从窗外看到两匹小马从小镇那边飞奔过来，接着在她家门口停了下来。

"想不想出去玩啊？"阿曼乐问站在门口的罗兰。

"当然！"罗兰毫不犹豫地回答，"我马上就来。"

罗兰看看镜子，发现自己的脸上荡漾着微笑，然后她系好帽子上的丝带。

在马车上，罗兰问道："奈莉不去吗？"

"不知道。我想她可能害怕这两匹马吧。"阿曼乐回答。

罗兰没有吭声，过了一会儿，阿曼乐接着说："那次并不是我主动邀约她去远行的，她那时刚好去镇上看望一个人，她说既然是顺路，就和我们一起去玩。我觉得她星期日也待在那个小屋子里未免太孤单了，所以就叫她一起走。我看她很高兴的样子，我真不明白你们女孩之间还会合不来。"

罗兰感到很吃惊。一个对务农和马如此了解的人对于女生之间的事情似乎完全不了解。但她只是淡淡地说："是的，你不知道，因为你没有和我们一起上学。那我告诉你我的想法吧，我喜欢和艾达一起驾车玩。"

"没问题啊，改天吧。"阿曼乐说，"难得今天天气这么好，只有我们两个就够了。"

下午的天气很好，阳光非常温暖。阿曼乐说这两匹马已经训练好了。罗兰帮他把篷布拉起来，然后两个人坐在有遮阳篷的马车里舒适地闲逛。

那天之后，他们再没说下个星期日要做什么，但是每个星期日的下午两点，阿曼乐就会驾车出现在罗兰家门口，而罗兰也会在门口准备好。爸总会从报纸上抬起头来，对她点点头，然后埋头继续看报。妈会说："要记得早点儿回来啊，罗兰。"

六月来了，草原上的野玫瑰盛开了。罗兰和阿曼乐就在路边摘了很多野玫瑰，放在马车上，车上弥漫着玫瑰花的芳香。

然而，有一个星期日的下午两点，阿曼乐的马车没有出现，罗兰不知道发生了什么事情。直到马车出现在她家门前，罗兰看到艾达正坐在马车上开心地笑着。原来阿曼乐到布朗牧师家去邀请艾达了。为了给罗兰一个惊喜，他绕到镇子西面的路，然后再绕到沼泽地，从爸的放领地南边进入。罗兰一直向北望着，所以没有看见他们。

他们那天一起去了亨利湖，可以说是最开心的一次兜风了。两匹小马也表现得很乖巧，当罗兰和艾达摘野玫瑰的时候，它们就在那里静静地等着。当阿曼乐和两个女孩子看着两边轻拍湖岸的水波时，它们也在悠闲地吃草。

那条路很窄，并且高出湖面也不多，所以罗兰问："湖水会不会漫到这条路上呢？"

"据我所知，从来没有过。"阿曼乐说，"但或许很多年前这两个湖是连在一起的。"

有一会儿他们都没有说话，罗兰在想这两个湖汇合为一个湖时该是多么壮美，那个时候肯定有很多野牛和羚羊在大草原上。它们自由地奔跑，在湖边饮水。美洲狼和狐狸也在岸上生活，当然还有野雁、天鹅、白鹭、野鸭在湖边筑巢。

"你在想什么？"阿曼乐问道。

"我吗？"罗兰说，"我在想人类来了，那些野生动物就走了。我真希望它们别走。"

"有很多人想猎杀它们。"阿曼乐说。

"我知道。"罗兰说，"可我不明白为什么。"

"这儿真美啊。"艾达说，"可我们离家已经很远了，我还答应埃尔默今晚和他一起去教堂呢。"

"埃尔默是谁啊？"

"他的放领地就在我家附近，他暂时在我家搭伙。今天下午我本来打算和他一起去散步的。你从没见过埃尔默吧，罗兰？"

"这里新来了很多人，所以我也不太知道以前熟识的人现在都怎么样了。"

"梅莉和鲁斯银行的新职员在一起了。"艾达说。

"那凯普怎么办呢？"罗兰吃惊地说道。

"凯普迷上了一位住在镇西的女孩。"

"天哪，真遗憾，我们不能再在一起玩了。"罗兰十分伤感，"以前的雪橇聚会多有意思啊，可现在大家都散了。"

"对啊。"艾达说道，"春天一到，年轻人的心就会飞到恋爱的世界。"

"是的，确实是这样。"接着罗兰唱道：

吹吹口哨，

我就会来到你身旁，我的心上人，

吹吹口哨，

我就会到你身旁，我的心上人，

虽然爸妈都会生我的气，

吹吹口哨，

我就会到你身旁，我的心上人。

"你真的这么想吗？"阿曼乐问。

"当然不是了！"罗兰答道，"这只是一首歌。"

"阿尔曼，你试试对奈莉吹口哨，她肯定就会过来的。"艾达开着玩笑，然后她又一本正经地说，"但她害怕这些马，她说它们很不安全。"

罗兰不说话，只是笑着把防尘布盖好。她发现阿曼乐在艾达身后侧身看着她，罗兰向他眨了眨眼。她并不在意他知不知道那是自己的小阴谋，是为了把奈莉赶走。在回家的路上，他们一直有说有笑，然后就到了罗兰的家。

罗兰问："艾达，你下个星期还和我们一起玩好吗？"

艾达的脸一下红了，说道："我想来，但是，我……我想我还是和埃尔默一起散散步吧。"

第二十一章
巴南和斯理普

六月过去了，罗兰在学校教书的工作结束了，风琴的余款也付清了。为了配合爸的小提琴，罗兰开始学习如何演奏风琴。但是她还是喜欢听爸单独演奏小提琴。而且，这架风琴是买给玛丽的。

一天晚上，爸说："明天就是独立纪念日了，你们想不想去镇上参加庆祝活动啊？"

"不，我不愿意去，人太多了，而且还放鞭炮，我们就在家里自己庆祝吧，像去年一样。"卡琳说。

"我想在家里吃好多好多的糖果。"格蕾丝兴奋地说。

"罗兰，我想阿曼乐应该会驾马车来接你。"

"他没提过，"罗兰答道，"但我也不想去庆祝。"

"这样可以吗，卡洛琳？"

"当然，就按她们的意思办吧。我来准备一桌庆祝独立日的大餐，孩子们会帮我做的。"

第二天早晨，大家都忙碌起来。罗兰来到菜地，用手挖土豆，这样不会损伤土豆的根。她还摘了一些新鲜的绿豌豆，挑选的都是豆荚饱满的。女孩们烤制了新鲜的面包、派和蛋糕。妈做了油炸的鸡肉，煮土豆和淋上了黄油的豌豆。

当爸从镇上回来的时候，独立日的大餐已经上桌了，再泡茶就行了。爸从镇上带回了泡柠檬茶所用的柠檬，还有晚上要吃的糖果和饭后要放的焰火。

爸把东西交给妈，然后对罗兰说："我在镇上见到了阿曼乐。他正和凯普给新买的马装马具。那真是两匹烈马，比老鹰还难驯！只有阿曼乐和凯普才能对付得了。我觉得阿曼乐应该去当一名驯兽帅才对。他让我告诉你，如果你下午想出去玩的话，他会把马车驶过来，但是你要做好准备自己上车，因为他无法下车扶你。他还说要提醒你，这两匹马是还没有被驯服的。"

"你坐他的马车一定会折断脖子。"妈说，"他真该摔断自己的脖子！"这真不像是温柔的妈说出的话，大家都惊讶地盯着她。

"阿曼乐会管好马的，卡洛琳，别担心。如果说世界上有天生就懂得驾驭马的人，我想应该就是他。"

"你真不想我去吗，妈？"罗兰问道。

"罗兰，你自己做决定。你爸说是安全的，那就应该是安全的吧。"

吃过了美味的大餐之后，妈说："如果你真想去的话，就去换衣服，我来洗碗。"

"不，妈，你已经忙了一上午了。"罗兰说。

"你们都不要争了。"卡琳说，"我来洗碗，格蕾丝擦干。来吧，格蕾丝，玛丽和罗兰在我们这么大的时候早就做家务活儿了。"

因此，当阿曼乐来的时候罗兰已经在门口等着了。她之前从没见过这两匹马。一匹是高大的棕色的，只有鬃毛和尾巴是黑色的。另外一匹也是棕色的，身上有白色的斑点，在棕色的脖子旁边有一个白点，鬃毛里有一撮白毛，看起来很像公鸡的尾巴。

阿曼乐让两匹马停了下来，罗兰便朝马车走去。想不到马用后腿站立起来，用前腿在半空中滑动。另一匹马也向前跳。阿曼乐只好松开缰绳，往前飞奔而去。他回头对罗兰喊道："我马上回来。"

罗兰就站在那里等着他，马车绕着房子跑了几圈，再回到原地的时候，罗兰快步走向马车，但又被吓回来了，因为那匹白斑马又站了起来。

爸妈都站在罗兰身边，卡琳拿着洗碗布站在门前观看，格蕾丝站在卡琳旁边。大家都在等待马车再绕过屋子一次。

"罗兰，你还是别去了。"妈担忧地说。

"卡洛琳，没事的，"爸说，"阿曼乐会处理好的。"

这次阿曼乐让马靠侧面停下，让罗兰更容易接近，并说："快！"

罗兰虽然穿着有裙撑的裙子，但是她的动作非常快。她右手紧紧抓住马车的折叠式把手，右脚放在马车的踏板上，爬了上去。等到马又一次要用后腿站立起来的时候，她已经坐在马车里了："这裙箍真要命。"她小声嘟哝着。罗兰拉紧裙子，用防尘布遮住了。

"不要碰车篷！"阿曼乐喊了一声，然后就不再说话，专心驾车了。罗兰把身子蜷在座席的一边，尽量不打扰阿曼乐。

马车一路向北狂奔，冲过了小镇，沿途的人群都惊慌躲避。罗兰看到凯普朝自己挥手，一副幸灾乐祸的样子。

罗兰很庆幸头上的帽子是她亲手缝制的，它才不会在这么快的马车上掉下来。

两匹马渐渐慢了下来，开始小步慢跑。阿曼乐说："有人说你不会来的，只有凯普猜对了。"

"他和别人打赌了？"罗兰问。

"没有，我才不会在女孩子身上下赌注呢，而且我也不确定你是否喜欢这两匹马。"

"那你之前驯好的那两匹小马去哪儿了?"

"卖掉了。"

"但王子和贵妃呢?我想知道它们现在怎么样了。"

"没什么啊。只是贵妃刚刚生下小马,王子没贵妃在身边就不听使唤,而刚刚驯服的那两匹马卖了三百美元。现在这两匹马买进的时候只要二百美元,我还赚了一百美元呢。顺利的话,这两匹马以后也会卖个好价钱。而且我觉得训练它们很有意思,不是吗?"

"嗯,是啊!"罗兰回答,"我们可以把它们驯得很温顺。"

"我也是这样想的。这匹有斑点的马叫巴南,那匹棕色的马叫斯理普。我们就不去大家聚会的地方了,鞭炮会吓着它们的。"

两匹马在草原上不停地奔跑。昨天下过雨,地面积起了一些水,可巴南和斯理普都不想弄脏它们的蹄子,所以碰到有水的地方或者泥泞的地方,它们就会跳过去,马车也被拖着往前跃过水洼。

七月正是盛夏时节。罗兰不明白为什么阿曼乐不升起车篷。阿曼乐说:"对不起,如果我把车篷拉上来,两匹马会被吓到的,就算我和凯普加起来也制服不了它们,所以我只能把车篷降下来。"

因此,他们就迎着烈日和风,在草原上飞跑。最后他们到达了苏必利尔湖,然后又从另一条路返回。

"我们已经跑了将近六十英里了。"阿曼乐在快到罗兰家的时候说,"等会儿我会把马拉住,你自己下车吧。我没法扶你,我担心这两匹马会直接跑开。"

"我可以自己下去,"罗兰说,"别让马跑了,可你不想留下来吃晚饭吗?"

"我想啊,可我得先把它们赶到小镇上,让凯普帮我把它们卸下来。你下车的时候,不要碰到车篷。"

罗兰特别小心，但是车篷还是动了一下，巴南又立起了前蹄，斯理普也跳了起来，两匹马像箭一样地向前冲去。

当阿曼乐在下一个星期日到来的时候，罗兰就已经提前做好了准备。马一停下来，她就飞快地跳上了马车。这次马车是朝东的，所以现在也必须向东行驶。当马跑得稍微平稳一些之后，他们就去了亨利湖和汤普森湖。这次巴南和斯理普没有发狂，走上了两个湖泊之间的小路，并且以很快的速度向前跑。

"这个星期我一直在训练它们，我想它们已经知道该怎样做了。"阿曼乐说。

"可这样就没有之前好玩儿了。"罗兰似乎不尽兴。

"你真这么想？嗯，那我们就来看看升起车篷会是什么样吧。抓紧了！"

罗兰抓住了车篷上的金属卡子，阿曼乐也同时抓住了他这边的卡子，以最快的速度把它固定好。这时，斯理普跳了起来，巴南也竖起前蹄，罗兰倒吸了口气。两匹马的前蹄在空中划动，然后整部马车都向后仰。这时，巴南跳了一下，然后两匹马就向前跑了起来。车篷晃荡着，更刺激了马，于是它们跑得更快了。

阿曼乐紧紧地勒紧缰绳，手很僵硬。罗兰缩着身子，屏住呼吸，心里一直暗自祈祷，马千万不要跑掉。

最后马累了，慢了下来。阿曼乐长长地舒了一口气。"好玩儿吗？"他笑着问罗兰。

罗兰哆嗦了一阵之后也笑起来，说："还不错，幸好马具没有断开。"

"缰绳不会断的，我是在马具店定做的，用的都是最好的皮料，栓钉也比普通的多一倍，就连缝线的接缝都用蜡封起来。再过一段时间，我想这两匹马应该就会弄明白奔跑和脱缰之间的区别了。它们都是野马，之前还没被缰绳束缚过呢。"

"是吗？"罗兰说着笑了起来，但是她的声音还是有些颤抖。

"是啊，所以才便宜嘛。它们虽然很能跑，但是不受人掌控。只要假以时日，它们就会变成很好的马。"

"车篷还撑着，这还会让它们害怕，你怎么收起来呢？"

"不用了，你下车的时候注意点儿，只要不碰到车篷就行了。"

其实罗兰每一次上下车都很危险。在下车的那一瞬间，她必须在裙子没有被卷到马车里之前就从车轮间跳下来。

阿曼乐在她家门口停下，罗兰小心地弯着身体从车里钻了出来，尽量不碰着车篷。但是裙子擦到地面沙沙地响着，那两匹马又开始狂奔起来。

当她走进房门的时候，腿还有点儿发软，爸转头看了她一眼。"再次安全到达啊。"爸转过头来看着她。

"并没有什么危险啊。"

"嗯，我知道的，不过如果那两匹马能更温顺一些，我会更放心的，下个星期日你还会去吧？"

"应该是吧。"

到了下一个星期日，马的确安静多了。当罗兰上车的时候，它们都静静地站立。阿曼乐赶着它们穿过小镇，然后向北边驶去。跑了几英里后，它们全身的毛都被汗水浸透了。

"最好慢点儿，伙计，这样就会凉爽些。"他这样告诉它们，但它们似乎并不想放慢脚步。

"好吧，如果你们想跑，那就尽情跑吧。"

"实在是太热了。"罗兰一边说着，一边拨了拨额头的刘海儿，让风吹一吹。阳光炙热，几乎让人喘不过气来。

"我们可以把车篷支起来。"阿曼乐有些犹豫。

"不，不要这样做，马受惊了会跑得更快，这么热的天，可不能跑那么快。"

"天气的确太热了，不应该让它们过于兴奋，只要你不介意这阳光的话，我就不冒这个险了。"

慢慢地，马的速度降了下来。罗兰建议早点儿回家去，因为天色看上去有些不对劲。

就在这时，天空里出现了乌云，热浪从四面袭来。阿曼乐说："看样子快下雨了。"

马车朝着家的方向快速飞驰，但是离家还有一段路程。罗兰隐约看到旋风刮过大草原，就像一只看不见的手在拨弄一样。

是龙卷风！它卷起的不仅是尘土，还有草丛，看样子后面会有更剧烈的龙卷风。

西方天空上乌云滚滚，预示着一场暴雨即将到来。当罗兰回到家的时候，红红的太阳光照射在乌云上。阿曼乐还得赶回去，在雷雨之前把东西收拾好。

然而，暴雨迟迟没下，乌云愈发浓厚，低低地压着地面。罗兰睡得很不踏实。就在这时，一道闪电划过，她一下子坐了起来。

"快起来，罗兰，帮卡琳穿好衣服，快点儿！你爸说暴风雨就要来了！"妈站在床边，一手拿着煤油灯一手摇醒罗兰。

罗兰和卡琳迅速穿好衣服，妈一把抓起了格蕾丝，还有几件衣服和一个毯子。大家急急忙忙地走向通往地窖的暗门。

"快，你们快下来！"

三个女孩非常迅速地钻入厨房的地下室。

"爸在哪儿？"罗兰问。

妈吹灭了灯，说道："他在外面观察云层。只要我们都进来了，他就能很快下来。"

"妈，你为什么要把灯吹灭呢？"格蕾丝害怕极了。

妈说："你们多穿点儿衣服。这么大的风，有火光是很危险的。"

她们能听见风的狂吼声，觉得一阵恐惧。一阵阵闪电划破黑暗，厨房在一瞬间像白昼一样，然后又陷入黑暗中。

妈给格蕾丝穿好了衣服，罗兰和卡琳也穿好了衣服。她们都坐在地上，背靠着墙，不安地等待着。

罗兰知道她们在地窖里是安全的，但是她实在难以忍受地下封闭的感觉。她想到外面去和爸一起看看暴风雨的情形。风狂吼着，闪电照亮了一切，而厨房里的时钟似乎并不知晓风暴的来临，仍旧敲打报时。

似乎过了很久，爸的声音从黑暗中传了过来。"你们现在可以上来了，卡洛琳。暴风雨已经过去，往西边去了。"

"啊，爸，那不是布朗牧师家那里吗？"罗兰问。

"不可能。既然我们家没有事，他们家那么近，也一定没有事。"爸回答。

经过这番折腾，大家都累了，一上床就睡着了。

整个八月，天气都十分炎热，而且经常下雨。有几次夜间妈叫醒了她们，然后抱着格蕾丝躲到地窖去，而爸则在外面观测云层的变化。风疯狂地吹着，最强烈的暴风总是吹向西方。

在这些风雨交加的夜晚，罗兰虽然很害怕，但除此之外，闪电和雷的威力竟让她有一丝兴奋。

到了天亮的时候，大家都很疲惫，昏头昏脑的。

爸说："这些闪电真是可怕。一到了夏天，闪电就突然变得很多。"

妈说："我们也毫无办法啊，只能接受现实。"

爸从桌旁站了起来，伸伸懒腰，打了个哈欠，说道："嗯，就等暴风雨过去以后我再好好地补个觉吧。现在，我要去割麦子了。"然后他就出去工作了。

爸还是用那把旧镰刀割燕麦和小麦。他现在还支付不起一台收割机的价钱，要是买一台，他就欠债了。

"买一台机器，得花两百美元，要用全部财产作为抵押，而且还得交百分之十的利息，这会压得一家人透不过气来！让那些没有耐性的年轻人去负债买机器吧，我宁愿让地里长草，然后用草来饲养奶牛。"

爸卖掉那头艾伦生的小牛让玛丽上学后，艾伦又生了另一头小牛，现在已经长大了，其他小牛也长大了。现在他们一共有六头奶牛和几头小公牛，所以爸需要很多草料来喂养这些牛。

八月的最后一个星期日，阿曼乐只驾着巴南来接罗兰。虽然巴南仍旧会抬起前蹄，但是在前蹄落地的那一瞬间，罗兰已经上了马车。

巴南向前跑时，阿曼乐说："我要单独训练它，它的力气很大，独自拉马车也可以。"

"它确实很不错。"罗兰说，"我相信它是很温和的。让我来驾一下。不知道我行不行。"

阿曼乐有些犹豫，但还是把缰绳交给了她。"绳子拉紧，"他说道，"千万不要让它牵着你走。"

这时，罗兰才感觉到自己握着缰绳的手看起来有多小，不过她仍然不认输，在转过拐角之后就一直驾驭着马车。

"你有没有看见镇上的人都在看着你？"阿曼乐说，"他们从未见过女人驾马。"

罗兰一直驾着马车穿过铁路，然后来到镇上的新区。不久她的双臂就酸痛了，她便把缰绳交给了阿曼乐，并说："等我休息一会儿，还想再试一次。"

"好啊。"阿曼乐说，"你只要愿意，想驾多久都行。这样我也可以好好休息一下。"

再次握着缰绳的时候，罗兰的手就灵活多了。拉着缰绳，她能感受到巴南嘴部的力量，似乎有一种兴奋之情顺着缰绳传到她的手心。"我想巴南一定知道是我在驾驭它。"她兴奋地说。

"它当然知道，因为你拉缰绳总是不太紧。"阿曼乐接过缰绳时，缰绳一下就绷紧了，好像拉长了一样。

这时，阿曼乐改变话题说："你知道你以前的老师克里威特要开一个歌唱班吗？"

罗兰还没听说这事。阿曼乐说："如果你愿意，我希望你能跟我一起去。"

"好啊，我愿意去。"

"好的，那就星期五晚上见。我七点去接你。"阿曼乐继续说道，"它必须学着慢慢走。自从被套上马具后，它就一直在跑，可能在它看来，跑得够快就能摆脱掉马车吧。"

"再让我驾一会儿吧。"罗兰说。她感觉到巴南的力量正透过缰绳传到她手上。凡是罗兰拉缰绳的时候，巴南总是很听话。罗兰又夸赞了一遍巴南真的很乖。

整整一个下午，罗兰和阿曼乐俩人轮流驾车，很快就到达罗兰家了。临走前，阿曼乐叮嘱她说："星期五晚上七点，我会驾着巴南准时来接你。它可能会乱跳，你要准备好啊。"

第二十二章
歌唱班

第二天，镇上第三条街上的那所新学校就开学了。这是一所有两层楼的教学楼，有两位老师。小孩子在楼下的教室，稍微大点儿的学生就在楼上的教室。

罗兰和卡琳都在楼上的教室。屋子很大，里面坐了很多他们不认识的男孩女孩，都是大孩子。只有几个空位子。可是等天气变冷了，不大适合做农活的时候，大孩子就会来上学了。

休息的时候，艾达和罗兰就坐在楼上靠窗边的位置，一边看着楼下在外面玩耍的孩子们，一边和梅莉、米妮说话。艾达和埃尔默星期五晚上会去歌唱班，米妮和她的哥哥阿瑟，梅莉和她的男友亚迪也会参加。

"我在想为什么奈莉没有来上学呢。"罗兰问。艾达说："你还不知道啊？她已经回纽约了。"

"不会吧？"

"真的，她去那里和她亲戚一起住。我敢打赌，她到了那里，一定会大肆宣扬西部生活有多么美好！"艾达说完，大家一起哈哈大笑。

在教室里有一位新来的女孩一个人独自坐在那里。她是一个漂亮的金发少女，身材修长，看起来有些不太高兴。罗兰只看了她一眼，就能理解她的感觉。大家都在说说笑笑的，只有她一个人孤零零地坐着。罗兰也曾有过这样的感受。

"那个女孩挺漂亮的，她有些孤单。"罗兰低声道，"我要去和她说说话。"

新来的女孩叫弗洛伦斯。她爸在镇子的西北部有一块放领地，她想以后成为一名老师。罗兰坐下来和她谈了一会儿，然后其他同学纷纷走过来围在她们身边。弗洛伦斯不能去歌唱班，因为她住得太远了。

星期五的晚上，罗兰在刚到七点的时候已经准备好了。她穿好新衣服，还戴了褐色的天鹅绒帽子，阿曼乐七点准时出现在她们家门口。巴南停了下来，罗兰迅速上了马车，没等巴南抬起前蹄，阿曼乐已经驾着马车出发了。

"你做得很好。只要这样继续保持下去，不久它就会忘掉要抬起前蹄这件事情了。"

"或许吧。"罗兰说。

歌唱班在教堂举行，当他们到达镇上的时候，阿曼乐提议他们在结束之前早点儿离开，因为人多时巴南容易兴奋。

"你觉得该走的时候就走，我会跟着出来的。"罗兰说。

阿曼乐把巴南拴在马桩上，然后就走进了灯火明亮的教堂。他已经付了两个人的学费，而且买了本歌本。同学们已经到了，克里威特先生正在分配座位。男高音和男低音分别在一组，女高音和女低音在另外一组。

克里威特先生开始讲解每个音符，包括暂停音符、连音符、休止符、男低音、男高音以及高音部分的名称和音节长度等知识。接着，他让大家休息一会儿。于是每个音组的人聚在了一起，大家有说有笑。不久，克里威特先生又宣布上课了。

大家开始练习音阶。克里威特先生不断提高音阶。大家一开始都能唱出好听的音阶，但是一旦提高音阶，大家唱不出来的时候，就转回低音阶重新开始。就这样由高到低，由低到高，他们反复练了好几遍，有时候有人也会唱错，但大家都很用心地学习。终于，阿曼乐悄悄地朝门口走去，罗兰也起身跟了过去。

走到马车前，阿曼乐说："我先扶你上车，然后再解开它。在我解开绳索之前，它不会直立起来的，你要好好地拉着缰绳。在马走动之前，你千万不要使劲拉。我会尽量在马蹄落地之前跳上马车，如果我没有坐上去，你可要好好地控制它。可以让它跑步，但是不能让它脱缰。绕几圈之后就回到这里，千万不要慌张，我相信你可以控制好它。"

罗兰心想，她可从没在巴南跳起来之前驾驭过它啊，可她并没有说出来。她快速爬上马车，拿起放在挡泥板上的缰绳，紧紧地抓住。阿曼乐把拴马桩上的系马绳解开，巴南自由了，它抬起前蹄，然后就立刻狂奔起来。马车的轮子瞬间离了地面，然后又一下子落在地上。罗兰紧紧地抓着缰绳。巴南在教堂前面的草原上奔驰着。罗兰用右手用力拉一下缰绳，巴南就向右拐，然后又以很猛烈的速度绕着教堂跑了一圈。它跑过教堂的侧面，罗兰使劲拉缰绳，但巴南并没有停下来。阿曼乐只能站在木桩旁边，看着马车闪电般地从他身边过去了。

随着巴南第一次跳起来，罗兰的心也一下子提到了嗓子眼儿。现在马车又回到草原上了，她慢慢地收住右手的缰绳，巴南就会向右拐，在接近教堂侧面的时候，罗兰又拉紧了缰绳。巴南眼看着就要停下来了，却又继续狂奔起来。

罗兰稳定了一下情绪，使劲拉了拉右边的缰绳，巴南又绕着教堂跑了一圈。罗兰站了起来，然后重心前倾拉着缰绳，虽然这次巴南停了下来，但很快又抬起前蹄跳跃起来。

"好的，跑吧。"罗兰心想。她紧紧抓着缰绳，指引着它在草原上兜圈子。而阿曼乐趁这一次绕到教堂侧面的机会就跳上了马车，这时，教堂的门打开了，歌唱班的学生都跑出来了，有人还叫道："需要帮忙吗？"

巴南在空中一跃而起，然后就开始狂奔。

罗兰把缰绳交给了阿曼乐。

"时间刚刚好。"他说，"要是等那群学生围过来，我们就走不了了。你还好吧？"

罗兰有些发抖，她的手已经麻木了，牙齿也不停地打战。她只是说："嗯，我真的很害怕。"

阿曼乐俯下身子，不知跟巴南说了些什么，之后巴南就听话地慢慢跑了起来。罗兰道："巴南还挺不错的，它只是等得太久了，有点儿生气。"

"巴南确实不喜欢等待，下次我们趁课间休息就走。"阿曼乐说，"这样的晚上真的很适合夜游。"

阿曼乐让巴南走上了回家的路。微风轻拂着草原上的野草，辽阔的夜空挂着无数颗星星。

巴南一直小跑着，它似乎也在享受着夜晚的宁静和满天繁星。

阿曼乐低声说："这是我见过的最美的星空。"

罗兰不由自主地哼起了歌谣：

在星光下，在星光下，
我自由自在地徜徉。

白天的阳光中，

从未有如此甜蜜，

像是林中的仙女，

像是我们路过的森林。

我唱着最甜美的歌，

这样的夜晚最适合歌唱。

无人倾听，

也无人观看。

在星光下，

在星光下，

我自由自在地徜徉。

巴南停在了门口，当罗兰下车的时候，它安静地站在那里。阿曼乐说："我星期日下午过来。"

"我会等你的。"罗兰回答后就进屋了。

爸妈都在等着她。妈放心地舒了一口气，爸问："今晚阿曼乐那匹烈马还温顺吗？"

"它真的是一匹很温顺的马。"罗兰说，"我下车的时候，它就老老实实地站着。我很喜欢它。"

妈满意地笑了，但是爸则严肃地盯着她。她并没有撒谎，但是无论如何，不可以让他们知道她曾驾过马车。那只会让他们担心，然后再也不准她这样做了。她想驾驭巴南，因为她十分自信，能够让巴南变成一匹很乖顺的马。

第二十三章
订婚戒指

又是一个星期日，巴南还和从前一样暴躁。它不能保持安静，所以它狂奔了好一阵以后，罗兰才能跳上马车。紧接着，它又跃起来往前跑。阿曼乐忍不住抱怨："这匹马简直是用我的双手在拖着马车呢。"

"让我试试看，顺便可以让你休息一下。"

"好吧，"阿曼乐同意了，"就试一会儿，你要用力抓紧啊！"

罗兰牢牢抓住缰绳，他便松了手。罗兰通过缰绳感受到巴南在拼命往前拉。她暗自祈祷：巴南，请别这样用力啊，我们一起好好享受远行的乐趣吧！

巴南已经感觉出驾车的人换了，它把脖子往前伸了伸，接着速度就减慢了。等到要拐出小镇的时候，它开始稳步向前行走。

没错，巴南在走步了。阿曼乐一声不吭，罗兰屏住呼吸，放松了缰绳，马仍然缓缓地步行着。这匹从生下来就喜欢狂奔，从不肯好好拉车的马，现在竟然安静地从中央街道走过！

阿曼乐小声叮嘱道："你最好把缰绳拉紧一点儿，免得它突然狂奔起来。"

"不用！它可以用自己喜欢的方式走路，我想它一定喜欢这样。"

街上的人都驻足而立，好奇地看着他们。罗兰不喜欢这么引人注目，因为她不是个喜欢出风头的人。但是她知道现在决不能紧张，必须镇定自若，驾着巴南继续往前走。"我多么希望这些人不要盯着我们。"罗兰看着巴南的耳朵小声地说。

阿曼乐也小声回答："大家都在说，每次我们一旦坐上巴南的马车，它就会狂奔起来，在它完全精疲力竭之前是不会走路的。你把缰绳拉紧一点儿，这样它就会明白，你让它跑。"

"还是你来吧。"罗兰说。她兴奋得有点儿头昏脑涨。

于是阿曼乐抽了一下缰绳，巴南开始跑起来。

"这真的太神奇了，你是怎么做到的？"阿曼乐问，"我从一买下它就开始训练它走步，可它总是不听话。你怎么一下子就成功了呢？"

"我什么也没做啊。"罗兰说，"它其实是一匹乖巧的马。"

整个下午，巴南都听话极了，一直按照他们的指示做。有的时候慢慢地走，有的时候又快步跑起来。阿曼乐有些沾沾自喜："从今以后它就会温驯得像只小羊羔了。"

事实证明，他想错了。星期五晚上，巴南又不愿意走路了。罗兰好不容易才跳上马车，阿曼乐提醒她，他们最好趁课间休息的时候就离开。这次巴南虽然没有像以前那样被拴那么久，可它的脾气还是很暴躁，在下课以前，罗兰不得不驾着它绕着教堂走了一圈又一圈，直到歌唱班都要放学了，他们才出发。

罗兰很喜欢歌唱班。他们先练习音阶，然后克里威特先生一直都让学生重复练习。这时他们又唱了起来：

我们的船已经顺利起航，
它穿过蔚蓝色的大海。

他们唱会这首歌后，又学了一首歌。这首歌是歌唱小草的：

野外遍地长满了小草，
野草在微笑，
我来了！我来了！
来看这遍野的小草。

有时候大家还会进行轮唱：

三只瞎老鼠！三只瞎老鼠！
紧紧跟在农妇的身后，
气得农妇用刀斩断它们的尾巴！
三只瞎老鼠！三只瞎老鼠！
看它们到底要往哪儿躲。

　　男低音的声音追上男高音，男高音的声音又追上女低音，女低音的声音又追上女高音，他们一遍又一遍地唱着，大家都笑起来，唱得上气不接下气，一直到唱不出来为止。真是太开心了！罗兰可以一口气唱很长时间，因为很久以前爸就教她、卡琳和格蕾丝唱过这首《三只瞎老鼠》。

　　现在巴南已经变得十分温驯，所以罗兰和阿曼乐可以等到歌唱班放学才离开。课间休息的时候，阿曼乐和另外一些小伙子会拿出袋子，请同学们吃糖果。糖果中有红色条纹的薄荷糖，有柠檬棒糖，还有水果糖。在回家的路上，罗兰唱起歌来：

噢，童年多么快乐，

我们坐在秋千上，

嘴里还塞满了糖果，

虽然我得守规矩，

可我仍然喜欢去唱歌。

"我就是想常常听到你唱歌，才和你一起来上歌唱班。"阿曼乐说。

他们在歌唱班学了很多歌曲，在最后一个晚上，他们唱了歌本中的最后一首歌——《天堂诉说着上帝的荣光》。

至此，歌唱班结束了。

巴南不再直立起来，也不再莽撞地朝前冲。每次要上车的时候，它只是稍微跳一下，接着就平稳地朝前小跑着。天气渐渐冷了，空气中已经有了冬天的气息。明亮的星星低低地垂挂在夜空中。除了巴南在大草原上踏出的马蹄声，四周都静悄悄的。

"唱那首《星光颂》吧。"阿曼乐说。于是，劳拉唱了起来：

星光下，星光下，

傍晚的露珠闪啊闪，

夜莺倾情歌唱，

献上对玫瑰的爱慕。

夏日宁静的夜晚啊，

微风轻轻吹拂，

银亮的河水在倾诉。

星光下，星光下，

我们欢乐自由地徜徉。

唱完歌，罗兰和阿曼乐便静静地享受这夜色的美妙。巴南开始朝北边罗兰的家跑去。过了一会儿，罗兰说："我已经给你唱了歌，现在我想听一听你在想些什么。"

"我在想……"阿曼乐欲言又止，然后他轻轻牵起了罗兰白皙的手，把自己的手放在上面。自从他们认识以来，阿曼乐第一次这么做。

"你的手真小。"他说完沉默了一段时间，然后说，"我在想……你是不是愿意接受一枚订婚戒指。"

"那得看是谁送我的啊。"

"如果是我送的呢？"

"那要看是什么戒指了。"罗兰说着把手缩了回来。

下一个星期日，阿曼乐来得比平常要晚一些。在罗兰上车后他说："对不起，我迟到了。"

"那我们别跑得太远了。"

"我还是想到亨利湖去，因为这是摘野葡萄最后的机会了。"阿曼乐说。

那天下午，阳光灿烂。在两个湖泊之间的狭长地带，一串串熟透的野葡萄从藤蔓上垂下来。阿曼乐驾着车缓缓而行。他和罗兰坐在车上随手采摘着一串串葡萄。他们欣赏着波光粼粼的湖面，听着树叶沙沙作响的声音，品尝着酸甜可口的葡萄。回家的时候，太阳已经开始落山，照得西边天空一片通红。夜幕降临在大草原上，暖风也轻轻地吹拂着马车。

这时，阿曼乐一只手握紧缰绳，另一只手拉起罗兰的手。罗兰感觉一件冰凉的东西套在了她的手指上。阿曼乐说："你说过要看看是什么样的戒指，那你喜欢这枚戒指吗？"

罗兰抬起手来，在黄昏的阳光下仔细端详这枚戒指。椭圆形的金戒指上镶嵌着三颗小小的宝石。

"中间那颗是翡翠，两边是珍珠。"阿曼乐对罗兰说。

"这戒指真美啊！"罗兰说，"我想……我愿意收下它。"

"那就戴着吧！这是为你买的。明年夏天，我会在放领地上盖一栋小小的房子，房子可能有点儿小，你不会介意吧？"

"我一直都住的小房子。我喜欢小房子。"罗兰回答。

他们快到家了。灯光从窗户里透出来，爸正在拉小提琴。罗兰熟悉这首曲子，这是爸经常唱给妈听的歌曲。只听爸随着琴声唱道：

我要为你建造美丽的城堡，

它就像遥远的梦幻王国，

我心爱的人啊，请跟我去吧，

在那里，有爱的梦乡。

在那里，生活如蜜糖。

亲吻吧，年轻的恋人！

罗兰跟阿曼乐站在马车侧面，而巴南这时静悄悄地站立在旁边。罗兰在朦胧的月光中仰起头来，对阿曼乐说："我们可以亲吻告别。"等到两个人亲吻之后，罗兰就回到屋里，阿曼乐也驾车离开了。

罗兰进屋的时候，爸放下了小提琴。他看了看她的手，戒指在灯光下闪闪发光。

"现在一切都定下来了。"爸说，"昨天阿曼乐向我说起这件事，我想应该没问题。"

"只要你愿意就行，罗兰。"妈温柔地说，"有时候，我觉得你喜欢的是马，而不是马的主人。"

"我现在确实不能把他和巴南分开来考虑。"罗兰的声音有点儿颤抖。

妈对她微笑着，爸也只干咳了一声。罗兰知道，爸妈一定清楚她现在害羞极了，连说话都有些困难了。

第二十四章
阿曼乐回家

即使待在家里，罗兰也觉得她的戒指太引人注目了。光滑的指环套在她的手指上，让她感觉有点儿不习惯，而且翡翠和珍珠常常会反光。第二天早晨罗兰上学时，她好几次都想把戒指摘下来放在手帕里装进口袋。但是毕竟她已经订婚了，这不会永远是个秘密。

赶到学校的时候，罗兰差一点儿迟到。她刚刚进教室坐在艾达旁边，欧文老师就宣布上课了。她飞快地翻开课本遮住了左手。但是就在她开始念书的时候，突然她的眼前闪过一道亮光。

艾达的手放在书桌上，手指上戴着一枚闪闪发亮的金戒指。

罗兰抬起头，看见艾达脸上挂着笑，看起来很害羞。罗兰不顾课堂规矩，小声问："是埃尔默？"艾达的脸更红了，她不好意思地点了点头。于是罗兰也让艾达看了看自己的戒指。

梅莉、弗洛伦斯和米妮一下课就迫不及待地围上来，争着要看她俩的戒指。"真遗憾你们戴上了戒指，"梅莉说，"我想你们俩过不了多久就要退学了。"

"我不会，"艾达说，"今年冬天我还会上学的。"

"我也一样。"罗兰说,"我还要在春天再考一张教师资格证书呢。"

"明年夏天你还会去教书吗?"弗洛伦斯问。

"只要有学校聘请我,我就去。"罗兰说。

"要是我能拿到证书的话,我可以在我们那个地区找一所学校教书。"弗洛伦斯说,"不过我有些害怕这个考试。"

"你肯定会通过的。"罗兰鼓励她说,"那个考试一点儿也不难,只要把学过的东西记牢就没有问题。"

"唉,我既没有订婚,也不想去教书。"梅莉说,"你呢,艾达,你会不会先教一阵子书?"

艾达笑起来说:"不会!我从来就没有想过去教书,我觉得还是在家当主妇比较好。正是因为这样,我才接受了这枚戒指。"大家跟着她开心地笑起来。

米妮问罗兰:"那你为什么要接受这枚戒指呢?难道你也想做家务活儿?"

"我当然想,"罗兰回答,"不过得等阿曼乐把房子盖起来才行啊。"这时,大钟响起来了,上课时间又到了。

现在已经没有歌唱班了,罗兰必须等到星期日才能见着阿曼乐。所以,星期三晚上,爸突然问她见着阿曼乐没有,她觉得很诧异。

"我在铁匠铺遇着他了。"爸告诉她,"他说,如果你有时间的话,放学的时候去看他。如果你没有时间,他要我转告你,他和罗雷这个星期日一起回明尼苏达,去处理一些事情,他们想尽早出发。"

罗兰大吃一惊。她知道阿曼乐和罗雷计划今年去明尼苏达和家人一起过冬,但是他没说要这么早走啊。这样他们星期日的远行就要停止了。

"这样也好。"罗兰说,"他们早些动身,就可以在下雪之前赶到明尼苏达了。"

"是啊，他们总是挑比较好的天气出行。我告诉他，他们走后我会帮忙照顾贵妃的。他打算把马车留在这儿，他说你可以随时驾着贵妃出去玩。"

"罗兰，你可不可以带我一起去？"卡琳激动地问道。接着格蕾丝也嚷了起来："还有我，我也要去！"

罗兰答应带她们出去玩儿。可是，在这星期剩下的时间里，罗兰感到特别空虚和寂寞。她从未意识到，自己是多么渴望星期日的到来。

这个星期日的早晨，阿曼乐和罗雷一起来了。罗雷赶着自己的马，后面套着他的运货马车。阿曼乐把贵妃套在那个漂亮的新马车上。爸从马厩里走出来迎接他们。阿曼乐把马车拴在小屋旁边，然后再卸掉贵妃身上的马具，带到马厩里来。

爸和罗雷在马厩里聊着天，阿曼乐走进厨房。他告诉妈说他一会儿就要走了，想在走之前看看罗兰。妈带着阿曼乐来到客厅，让他坐在窗边的椅子上。罗兰转过身，手上的戒指在晨光中闪烁出一道绚丽的光芒。

"戒指和你的手真是配极了。"阿曼乐微笑着说。

罗兰也仔细地端详一下，戒指黄金的部分闪闪发亮，而镶嵌在中间的宝石也放射出光辉。

"这枚戒指的确很漂亮。"她说。

"我是说你的手很漂亮。"阿曼乐说，"我想你已经知道了，罗雷和我要早点儿回家。罗雷决定驾车穿过爱荷华州，所以我们现在就得动身。我把贵妃和马车留在这儿，你随时都可以用。"

"那王子呢？"罗兰问。

"我的一个邻居帮我照看王子还有贵妃生的小马。凯普帮我照顾巴南和斯理普。明年春天，我要用这四匹马。"

外面突然传来了口哨声。"罗雷在喊我了，我们吻别吧！"阿曼乐说。他们匆匆地吻别，然后罗兰送他到门前，目送着他和罗雷驾车渐渐远去。这时罗兰有一种非常失落的感觉。卡琳问道："你一定很舍不得吧？"罗兰看着卡琳那一本正经的样子，忍不住笑了。

"不会的。"她笑着说，"吃完午饭我们就驾着贵妃出去玩。"

爸走进屋来，站在炉灶边说："天冷了，在屋子里烤烤火真舒服！卡洛琳，今年冬天我们就不搬到镇上去了，就在这儿过冬怎么样？我算了算，要是今年冬天我们把镇上的房子租出去，就可以把这里好好装修一下，再补一层外墙，或者刷上一层油漆。"

"听起来挺不错，查尔斯。"妈说。

"因为把干草和牲口们吃的饲料搬运到镇上去是一个很大的工程。而在这里，只要稍微用心装修一下，就可以舒服地过冬了。我们可以把火炉架在客厅里，然后备好冬天的煤炭。地窖里再储存足够的南瓜和蔬菜，这样我们也不用担心会挨饿或者受冻了。"

"你说得很对。"妈说，"不过，查尔斯，孩子们得去上学。冬天那么冷，从这儿步行到学校太远了，更何况随时会刮起暴风雪啊。"

"这个你不用担心，我可以用马车接送她们上下学。"

"那好吧。"妈同意了，"如果你能把镇上的房子租出去，我们就在这儿过冬好了。我很高兴我们不必搬来搬去。"

于是，爸赶在下雪前把放领地上的房子重新装修了。外墙进行了加固，里面也贴了厚实的灰色壁纸。这座小房子就像是一个真正的家一样温馨了。第一场大雪来临时，爸就把雪橇里面垫上了新的干草。每次上学，罗兰、卡琳和格蕾丝就能坐上铺好干草的雪橇，盖上毛毯。爸每天早晨就驾着雪橇送她们去上学，傍晚再接她们回家。

每天下午，爸去接她们回家时，都会在邮局停一下。因为阿曼乐每周都要给罗兰写一两封信。信中说他已经回到明尼苏达州了，明年春天他就会回来。

第二十五章
平安夜

平安夜又到了，小镇的教堂里布置了一棵圣诞树。送给玛丽的礼物已经寄出去了，家里处处洋溢着神秘的圣诞气氛，女孩子们都在藏给家人的圣诞礼物。但是在上午十点来钟的时候，天空飘起了雪花。

一开始雪下得不大，他们还可以去教堂看圣诞树。但是到了下午，格蕾丝注视着窗外，外面已经起风了。到了吃晚饭的时候，风已经越来越大，并且夹杂着雪花。

"现在去教堂实在是太危险了。"爸说，"这是一股强风，在持续地吹，说不定什么时候会变成暴风雪，万一那时还在教堂就不好了。"

因为他们并没有计划在家里过圣诞节，所以，现在每个人都有好多事情需要做。罗兰在厨房里找了一口铁锅放在炉灶上做爆米花。她往锅里撒了一把盐，等盐烧热后，再放一些玉米粒，然后用铲子不断搅动，另一只手拿着锅盖，以防玉米粒炸开飞溅出来。等锅里的玉米粒都爆开后，她又抓了一把玉米粒放进去。这次她就不用再拿锅盖挡在上面了，因为爆开的玉米粒会浮在上面一层，下层的就不会飞出来。妈用平底锅熬了一些蜜糖。罗兰爆好一锅玉米花后，妈就把它们放在有蜜糖的锅里，动作麻利地将玉米花捏成玉米花球。过了一会儿，木桶里就装了满满一桶的玉米花球。

卡琳和格蕾丝在客厅里用夏天剩余的粉色纱网做一些袋子，装上了爸从镇上买来的糖果。

"幸好我觉得从教堂得到的糖果不够，所以又买了一些回来。"爸得意地说。

"哎呀！"卡琳突然叫起来，"我们多装了一袋糖果，格蕾丝，你算错了！"

"我没有！"格蕾丝似乎很委屈。

"格蕾丝！"妈说。

"我没有错。"格蕾丝又大声叫道。

"格蕾丝！"爸也说。

格蕾丝只好忍住，说："爸，我没有数错。我会从一数到五了！我们有好多糖果，所以多做了一个袋子，而且装在粉红色袋子里多漂亮啊。"

"的确很漂亮，多装一袋也不错啊，我们并不是总有这样的好运气！"爸说。

罗兰想起他们住在印第安人保留区的时候，爱德华先生徒步走了整整八英里，给她和玛丽送来了圣诞糖果。如今，爱德华先生音信全无，不过无论他身在何处，罗兰都希望他过得开心快乐。她又想起了在明尼苏达州的梅溪边度过的那个圣诞节。那次爸在暴风雪中迷了路，她们都害怕爸永远回不来了。爸在梅溪边的雪洞里被困了三天三夜，靠吃圣诞糖果来保存体力。而现在，一家人一起待在这舒适温暖的屋子里迎接圣诞节，有各种各样的糖果可以吃，还有丰盛的大餐。

她多么希望玛丽也在家里啊。她尽量克制自己，不去想阿曼乐。他刚离开的时候，还常常写信来，她总会定时收到他的来信。可是，这三个星期以来却一封信也没有。罗兰想，他一定是在家里忙着和老朋友聚会，说不定还和以前认识的女孩约会呢。还有四个月才到春天，可能到时候阿曼乐连罗兰的名字都不会记得，甚至后悔不该早早就送戒指给她。

爸打断了她的思绪："帮我把小提琴拿来，罗兰。在开始享受美味之前，我们先来一点儿音乐。"

罗兰拿来小提琴，爸调好音之后问道："我们拉什么曲子好呢？"

"先拉玛丽喜欢的曲子吧。"罗兰说，"也许她正在想念我们呢。"

爸轻轻拉动琴弦，在小提琴的伴奏下，爸放声歌唱：

雄伟壮观的蒙哥马利城，

周围有护城河环绕，

树木青翠、百花齐放，

而那是心上人最喜欢的地方。

金色年代张开天使的翅膀，

在我和我的爱人头上飞翔，

我的爱人是我的生命我的阳光，

她就是我心爱的高原玛丽姑娘。

这首苏格兰民谣让爸想起了另一首。他又唱起来：

我心忧伤，却无处诉说，

我的心呀，在为她忧伤。

啊，在漫长的冬夜里，

我如此思念她。

妈坐在暖炉后面的摇椅里轻轻地摇着，卡琳和格蕾丝舒舒服服地坐在窗下的宽坐板上，罗兰却心神不定地在屋子里踱来踱去。

悠扬的琴声让罗兰想起了六月的玫瑰。接着，爸的歌声再一次随着琴声响起来：

浩瀚无边的夜空繁星点点，

有一颗星星拖着长长的尾巴，

变成了流星。

它可以捕捉罪人迷茫的目光，

那是我的光芒，我的一切。

它命令我停止所有的罪恶，

它引领我走向安宁，

它能够解除黑暗的恐惧，

躲避风暴和危险。

现在我们已经克服了千难万险，

我要放声歌唱，

歌唱我的伯利恒星星。

格蕾丝低声说："圣诞之星。"

琴声渐渐飘远。爸侧耳倾听："风更猛了，幸好我们没有出门。"

接着小提琴奏出欢乐的曲子，爸的歌声也充满了喜悦，他唱道：

不要一直在门外徘徊，

为什么还会难为情？

人们竖起耳朵倾听，约翰！

当你走过去，

你知道大家会想起什么吗？

如果你愿意进来坐一坐，

那就赶紧把门关上，

快点儿进来吧！

爸对着门口大声唱出："快点儿进来吧。"这让罗兰非常惊讶。

有人在敲门。爸让罗兰赶快去开门。

罗兰打开门，一阵风卷着雪花刮进屋来。风太大了，她根本看不清楚是谁。等到对方进来之后，她简直不敢相信自己的眼睛——竟然是阿曼乐！

"快进屋来，把门关上！"爸把小提琴装进琴盒里，又往炉子里添了些煤炭，"这么寒冷的天气，你的马怎么办呢？"

"我是驾着王子来的，我已经把它牵进马厩里，拴在贵妃旁边了。"阿曼乐一边回答一边把外套上的雪花抖掉，然后连同帽子一起挂在墙上的衣钩上。

妈从摇椅上站起来和阿曼乐打招呼，卡琳和格蕾丝也跟阿曼乐打招呼。阿曼乐看了看她们，格蕾丝说："我多包了一袋糖果呢。"

"我也带了一些橙子来。"阿曼乐说着从大衣口袋里拿出一个纸袋，同时，还有一个写着罗兰名字的包裹。"罗兰，你都不跟我说话吗？"

"我实在难以想象真的是你。"罗兰说，"你不是说要离开整整一个冬天吗？"

"我不想离开你太久。既然你和我说话了，那么这个礼物就送给你了。"

"查尔斯，把小提琴收起来吧。"妈说，"卡琳和格蕾丝，过来帮我做玉米花球。"

罗兰打开阿曼乐给她的小纸袋。白色的包装纸里面装着一个白色的小盒子。她打开盒子，在柔软的白色棉花垫上放着一枚金色的胸针。胸针的表面镂刻着一座小房子，旁边还有小湖泊和一些花草。

"好美啊。"她深深地吸了一口气，"谢谢你。"

"还有没有更好的方式来感谢我呢？"他笑着问道，然后伸开双手紧紧地抱住罗兰。罗兰亲吻着他，悄悄对他说："你回来了，我真高兴。"

爸到厨房装了一箱木炭，妈跟在后面。卡琳端来一锅爆玉米花球，格蕾丝给每人分发了一袋糖。

大家一边吃糖，一边听阿曼乐给他们讲述一路上的经历。他和罗雷朝南边驾车进入内布拉斯加州，白天在凛冽的寒风中匆匆忙忙赶着路，晚上便露宿在大草原上，因为一路上没有房屋，也没有遮风蔽雨的地方。他在奥马哈看到了漂亮的市议会厅，还有去往爱荷华的道路泥泞得可怕。那里种植玉米的农民宁愿把玉米当柴烧也不卖掉，因为玉米每袋只能卖二十五美分。他还讲到他们经过爱荷华和密苏里，又改成向北，继续驱车前行。

大家兴致盎然地听着，不知不觉，到了十二点。

"圣诞快乐！"妈起身站起来说道。"圣诞快乐！"大家都回应着。

阿曼乐穿上外套，戴好帽子和手套，向大家道过晚安，然后便走进了风雪中。雪橇铃声慢慢消失在门外的严寒中。

"你刚才就听见雪橇铃声了？"罗兰好奇地问爸。

"是的。因为他经常来，所以我一听就知道是他。"爸笑着说。

"来吧，孩子们。"妈说，"如果你们还不快点儿去睡觉的话，圣诞老人就没时间把礼物放在你们的袜子里了。"

　　第二天早晨，女孩们都在袜子里找到了让人惊喜的礼物。中午，一家人会享用一顿圣诞大餐，餐桌上会摆着一只添了香料、烤得金黄的火鸡。阿曼乐会来做客，因为妈已经邀请他了。现在风很大，但是却没有那种呼啸的声音。

　　"罗兰，"罗兰走进卧室的时候，卡琳兴奋地说，"这是不是你度过的最美好的一个圣诞节？"

　　"对啊，"罗兰甜蜜地回答，"越来越好玩儿了。"

第二十六章
教师资格考试

在三月里的风雪中，罗兰坐着雪橇，跟爸一起去镇上参加教师资格考试。那天学校没上课，卡琳和格蕾丝都待在家里。

整个冬天在放领地过得非常愉快，不过罗兰还是盼着春天早点儿来临。她背靠着蒙着毯子的干草堆，回想着她跟阿曼乐以及家人度过的美好时光。她多么想等到夏天可以一起出去远行。她也很好奇巴南在马厩里待了一个漫长的冬天，会不会再像从前那样温驯呢？

他们快到学校的时候，爸问她，是不是有点儿紧张。

"一点儿也不。"罗兰说，"我一定能通过。只是我希望找到一所我喜欢的学校去教书。"

"你可以再去佩里学校教书啊。"他说。

"我想到一所更大的学校去教书，这样可以挣更多的钱。"罗兰说。

"好了。"在学校门前爸鼓励她说，"达到目标的第一步就是通过这个考试，然后我们再盼望着有更好的结果。"

罗兰走进满是陌生人的教室，她的自信似乎也消退了下去。教室里几乎每个座位都坐了人。她唯一认识的就是弗洛伦斯。她碰了碰弗

175

洛伦斯的手，发现她的手冰凉，嘴唇也因为紧张而没有一丝血色。罗兰真替她担心，结果反倒忘了自己的紧张。

"我好害怕！"弗洛伦斯低声说道，声音有些颤抖，"我看这些考生都是些有经验的教师，考试题目一定很难。恐怕我永远也别想通过了。"

"我敢打赌他们一定也很紧张！"罗兰说，"别担心，你一定会通过的！在学校每一次考试你不都考得不错吗？"

这时，铃声响了，罗兰看了看考试题目。弗洛伦斯说得没错，题目很难。罗兰尽自己所能完成试卷，但很快她的心情也变低落了。她开始担心得不到资格证书，不过她还是用尽全力做完最后一道题。交卷之后，爸来接她回家。

"我也不知道，爸。"爸问她考得如何时，她这样回答道，"比我预想的要难一些，不过我已经尽力了。"

"这就足够了。"爸安慰她。

回到家里，妈也安慰她不要担心。"绝对不会有问题的。把这事搁在一边，等成绩公布了再说吧。"

妈的安慰总是很奏效，但是罗兰还是不断回想那天的考试。她在睡觉前，总要安慰自己别担心，可等一觉醒来，她又开始想：通知书今天就会到了。

星期一上学的时候，弗洛伦斯说她考得不太理想。"考题实在是太难了，"她说，"我估计就只有几个老教师有希望通过。"

一个星期过去了，仍没有任何消息。那个星期日，罗兰也没指望阿曼乐来陪她，因为罗雷患了感冒。通知信也没有来。就这样星期一、星期二都过去了。

星期三天气很好，阳光明媚，温暖的阳光洒满了小镇，爸没去接她们。罗兰就和卡琳、格蕾丝一起走回家。回家之后，她们看到罗兰的一封信放在那儿。

"信上怎么说的，妈？"罗兰一边脱掉外套，一边走过去拿起那封信。

"罗兰，我没有偷看你的信，我怎么知道呢？"妈十分惊讶地说。

罗兰颤抖着双手撕开信封，取出一张教师资格证书，而且是一张二级证书！

"比我预想的要好多了！"她对妈说，"我还以为最多只能考个三级证书呢。但愿我能有幸找到一所好学校！"

"不管是好是坏，运气都是自己创造出来的。你一定可以碰到适合自己的机会。"妈说。

罗兰很希望能找到一个好学校，不过她不知道通过什么途径实现。她一整晚都在思考这个问题，直到弗洛伦斯在教室碰到她，她还在琢磨这件事。

"你通过了吗，罗兰？"

"通过了，我拿了二级证书。"

"我没通过，所以我不能在我们学校教书了。不过我想和你商量一下，你曾给了我很大的帮助，所以我希望你来我们学校教书。这个学期有三个月，而且每月有三十美元的收入。"

罗兰简直不敢相信自己的耳朵，她立即答道："是的，我愿意。"

"我爸爸说，如果你愿意的话就去找他和校董事会签协议。"

"我明天下午就去。"罗兰说，"谢谢你，弗洛伦斯，真是太谢谢你了！"

"别客气，你一向对我很好，我很高兴能有这个机会为你做点儿什么。"

罗兰突然想起了妈说过的关于运气的话，心里想：或许好运气就来自施恩不图报的心理吧。

第二十七章
告别学生时代

三月底，在学校的最后一天，罗兰收拾好课本，把它们整齐地摆放在石板上，最后一遍环顾教室。她再也不会回来了，因为从下个星期一开始，她就要去威尔金斯学校教书，明年秋天就会和阿曼乐结婚了。

卡琳和格蕾丝在楼下等她。可是罗兰久久不愿离去。下个星期，艾达、梅莉和弗洛伦斯还会来上课，卡琳和格蕾丝虽然不能再和她一起，但她们还是会来。

教室里空荡荡的，只有欧文老师还坐在讲桌旁。罗兰必须离开教室了。她拿起课本走到门口，停下来对老师说："我得向您道别，我以后不会来上课了。"

"听说你要去教书了，"欧文老师说，"我们会想念你的，不过秋天的时候你还会来的。"

"这才是我真正要说再见的原因。因为秋天的时候我就要结婚了，就不会再来了。"

欧文老师有些惊讶，他紧张地走来走去。"我很抱歉！"他说，

"不是因为你要结婚了而抱歉，而是因为这个学期没让你毕业。我之所以这么做，是因为我想让全班同学一起毕业，但有些人还不具备毕业的条件，所以一直在等着。我这样做对你实在是太不公平了，为此，我感到很抱歉。"

"没关系！"罗兰说，"听到自己已经可以毕业了，我高兴还来不及呢。"

他们握了握手，欧文老师对罗兰说再见，并且衷心地祝福她有一个好的前程，祝福她能够把握自己的命运。

罗兰走下楼时心想，离别虽说有些伤感，可是一件事情的结束，也就代表另一件事情的开始。

星期日在家里吃过晚饭，阿曼乐和罗兰驾着马车穿过小镇，朝西北方向的威尔金斯家的放领地驶去。那儿离小镇大约有三英里的路程，这时只有巴南在拉马车。

黄昏来临，最终天色也完全暗了下来。辽阔的夜空上，一颗又一颗星星探出了脑袋，草原显得幽暗而神秘。马车的车轮在草地上转动，发出轻微的声音。

罗兰开始唱起歌来：

天空中斗转星移，
地球在天空下运行，
车轮嘎吱嘎吱转动，
带着我们驶向远方，
前进吧，英勇的少年，
就像这辆马车一样飞驰吧！
为什么车轮不能像天上的流星一般飞转？

　　阿曼乐大笑起来，说："你唱起歌来的样子跟你父亲一模一样，你们都喜欢这种慷慨激昂的歌。"

　　"我唱的是《踏车之歌》。"罗兰说。

　　"歌词中有一处用词不当，"阿曼乐说，"我的马车车轮可没有嘎吱作响啊，因为我总是把它们修得很好，而且还上了润滑油。好了，不说这些了。这条路再走三个月，你就不用教书了。"

　　"那我也要好好地教。"

　　"那当然，你一向都很出色。"

第二十八章

乳白色的帽子

新学校坐落在威尔金斯家放领地的旁边，离他们家很近。星期一早晨，罗兰一打开教室就发现教室像极了佩里学校，就连放在书桌上的字典和墙上挂衣服的钉子也一模一样。

罗兰在这个学校里过得非常愉快。现在她觉得自己已经是一名称职的老师了，不管是什么样的难题都能够解决。她的学生非常友好，在课堂上十分守规矩。那些年纪比较小的学生可爱而有趣，不过罗兰在课堂上往往不苟言笑。

罗兰住在威尔金斯家，他们一家人对罗兰非常友善。弗洛伦斯白天仍去上学，晚上回到家就把学校发生的事情告诉罗兰。她们俩住在一个房间里，每天晚上都一起读书。

在四月的最后一个星期日，威尔金斯先生付给罗兰二十二美元，这是她第一个月的工资。因为她每周在威尔金斯先生家寄宿需要两美元。那天傍晚，阿曼乐驾着马车来接她回家。第二天她和妈一块儿到镇上去买东西。

她们买了白棉布，妈要缝制内衣裤、衬裙和睡裙，每样都打算做两件。"这些新衣服加上你原来的，应该够你穿了。"妈对罗兰说。她们还买了一些细白棉布，可以做两套床单和枕套。

为了给罗兰做一套夏装，妈又买了一些上等细麻布，布是粉色的，上面有绿色的小花朵来衬托。然后她们去了贝尔小姐的商店，打算选一顶相匹配的帽子。

店里有很多漂亮的帽子，但是罗兰一眼就看到了自己最喜欢的那一顶。那是一顶有窄细帽檐的帽子，是乳白色的。帽子两边向上卷起，前面的帽檐正好可以遮住罗兰的额头。帽子上系着颜色稍深的缎带，帽子一侧插着三根羽毛。

买完帽子，她们一起走到大街上，罗兰再三恳求让妈也买一点儿东西。

"罗兰，"妈说，"你的心意我领了，但是我的确不需要什么。"

她们朝爸的篷车走去，篷车停在福勒家的店门前。车厢里放着一个东西，上面还盖着一条毯子。罗兰很想知道里面是什么，可是她没有时间看了。爸很快就解开了马，赶着车子回家了。

"车厢后面是什么啊，查尔斯？"妈问。

"我现在不能告诉你，卡洛琳，等回到家你就知道了。"爸说。

到了家，爸把篷车停靠在门前。"现在把你们的东西拿进去，然后再来抬我买的东西。你们先不要偷看。"

说完，爸就解下马具，匆忙牵着马朝马厩走去。

"那到底是什么啊？"妈对罗兰说。她们急切地等着要看个究竟。爸飞快地跑回来，他掀开了毯子，下面竟然是一台新的缝纫机！

"天哪，查尔斯！"妈惊叹道。

"卡洛琳，这是送给你的！"爸十分自豪地说，"玛丽就要回家了，罗兰也快出嫁了，到时候肯定会有很多针线活儿要做，我想你需要个帮手。"

"你哪儿来的钱啊？"妈说着，轻轻地抚摸着缝纫机架。"我卖掉了一头牛，卡洛琳，不然到了冬天马厩就放不下了。现在，你们帮我抬下来吧，我们打开包装看看它的样子。"

罗兰想起在很久以前妈曾经说过她很想买一台缝纫机，而爸一直把这事记在心里呢。

爸取下篷车的后板，跟妈和罗兰一起小心翼翼地把缝纫机抬下来，放到客厅。打开包装的盒子后，大家都惊喜地站在那儿看着。

"真漂亮啊！"妈说，"它肯定能派上大用场，我真想现在就试试看。"可是现在已经是星期六下午了，星期日是安息日，是不能用缝纫机的。

这个星期妈都在阅读缝纫机的说明书，学习如何使用它。星期六，妈和罗兰开始做衣服了。那块布料非常柔软，颜色很柔和，罗兰生怕在剪裁的时候把布料剪坏了，但是妈却很熟练。她拿起剪刀帮罗兰量好尺寸，做好了模板，迅速地剪起来。

她们做的是收腰的衣裙，前后各打两道褶子。在前摆两道褶子的中间，钉上了白色的珍珠纽扣，这样可以把腰部收紧一点儿。衣裙的领子是竖领，袖子上面的褶皱是宽边的，裙子细窄的腰部也打了褶。裙子中间系着一根很细的裙带，以防裙子滑落。长及地面的裙子也打了好几段的褶皱，最下面的褶皱还镶上了蕾丝。

在五月的最后一个星期五，阿曼乐把罗兰从学校接回家，那条裙子已经做好了。

"哇！好漂亮啊，妈！"罗兰看见裙子惊呼起来，"每一个褶皱都宽度相同。"

"那是当然了。"妈说，"我不得不说，要是没有这台缝纫机，我还真忙不过来呢！现在有了缝纫机，一切都简单多了。就连最优秀的裁缝也没有这样的手艺。"

罗兰看着新衣服，沉默了一会儿，说："威尔金斯先生今天又付了我一个月的工资，我实在用不着这么多钱。我四月份的工资还剩十五美元呢，现在我只需要准备一套秋装就行了。"

"你还需要一件漂亮的结婚礼服呢。"妈说。

"做衣服十五美元足够了。"罗兰想了想，"这些新衣服加上我原来的衣服，够我穿很长时间了。我下个月还可以领二十二美元的工资呢。我希望你和爸收下这些钱，用这笔钱来做玛丽回家的路费吧，或者给她做一些衣服。"

"我们不用你的钱也足够。"妈说。

"我知道你们能够应付，妈，可是你跟爸需要花钱的地方多着呢。就让我再帮你们一次吧，恐怕以后我再也帮不上什么忙了，这样我离开家心里会觉得好过一点儿，而且我还有了这么漂亮的衣服。"

妈只好让步了。"如果你非得这么做，那就把钱交给你爸吧。他把卖牛的钱用来买缝纫机了。有了这笔钱，他会很高兴的。"

爸十分诧异，并且跟罗兰说她自己也应该攒钱了。罗兰一再坚持并解释了缘由，爸最终才同意收下这笔钱。"这样我的手头就要宽松一些了。"他说，"但以后不要这样了。从现在开始，我觉得我们的生活会越来越好。这个小镇发展得很快，我有很多木匠活可以做。况且，饲养的牛也会不断长大。我想到明年，政府就会把这块土地的所有权给我们，到时候家境就不会这么困难了。所以，你以后不用担心家里的生活。罗兰，你已经做得很好了。"

星期日晚上，当罗兰和阿曼乐一起驾车去威尔金斯家时，她觉得内心装着满满的幸福。唯一有点儿遗憾的是，玛丽下星期就从学校回来了，她却不能在家里迎接，因为那天罗兰还在威尔金斯学校教孩子们学分数。

星期五下午，阿曼乐用马车载着罗兰回家。

"星期日见！"阿曼乐在她身后告别，罗兰挥了挥戴戒指的手算是回答。还没等玛丽从椅子上站起来，罗兰就紧紧地抱住了她。玛丽第一句话就是："罗兰！我实在想不到家里为我准备了一架风琴。"

"我们一直保守着这个秘密呢，现在看起来这样做是值得的。玛丽，让我仔细瞧瞧，你看起来真是美丽极了！"

玛丽比以前更漂亮了，罗兰怎么也看不够。她们有太多的话要讲给对方听，所以一直不停地说着。星期日的下午，她们和以前一样出去散步，爬上那个小高地。罗兰摘了一大把野玫瑰让玛丽抱在怀里。

"罗兰，"玛丽神情严肃地问，"你真要离开我们，嫁给怀德家那个男孩吗？"

"他已经不再是怀德家那个小男孩了。玛丽，他叫阿曼乐。你对他不怎么了解吧？或者从那个严寒的冬天过去后，你就再也没听说过他了。"

"我还记得他去寻找小麦的事。可是，你为什么要离开家嫁给他呢？"玛丽又重复问了一遍。

"这也许是命运的安排吧。其实，我现在经常不在家，这和离开家没什么两样了。我不想再到比威尔金斯学校更远的地方去。"

"好吧，我想也是这样的。我离家去上学，现在你又要走了。我想，这大概就是所谓的成长吧。"玛丽说。

"卡琳和格蕾丝现在已经比我们那个时候还要大了，她们也在成长，所以我们不可能永远都是小时候的样子。"罗兰说。

"他来了！"玛丽说。她听见了王子和贵妃的铃铛声。她漂亮的眼睛望着马车来的方向，谁都不会发现她失明了。

"我们见面还没多久呢，"她说，"你又要走了。"

"我吃了晚饭才走，下星期五我就回来了。而且整个七月和八月我都可以陪在你身边。"罗兰告诉玛丽。

在六月的最后一个星期五，阿曼乐驾着巴南和斯理普到了威尔金斯学校接罗兰回家。他们行驶在熟悉的路上，阿曼乐说："一个学期又结束了，这应该是最后一个学期了。"

"你确定吗？"罗兰认真地问。

"难道不是吗？到九月，我应该吃上你为我做的早餐了。"

"也许会晚一点儿。"罗兰说。其实阿曼乐已经开始在林地盖属于他们自己的新房子了。

"那独立日你要怎么过？你想不想去参加庆祝活动？"

"我宁愿驾车出去玩。"

"这两匹马又开始不听使唤了。最近，我忙着盖房子，它们也休息了几天。我们正好可以出去兜兜风，让它们尽情地跑一跑！"

"什么时候都行！我现在天天都有空了！"罗兰开心极了，就像一只刚出笼的小鸟。

"那么，独立日那天我们就去远行吧！"阿曼乐说。

七月四日那天吃过午饭，罗兰第一次穿上新衣服，戴上她那顶乳白色的帽子。阿曼乐来接她的时候，她已经穿戴好了。

巴南和斯理普站在门口等她上了马车，不过它们似乎有些焦虑，迫不及待地想往前跑。"从镇上经过的时候，闹哄哄的人群把它们吓着了。"阿曼乐说，"我们就看看中央街道入口那里的庆典吧，那儿有很多节日的旗帜，然后我们就向南边走，离这些噪音远一点儿。"

朝南边去布鲁斯特家的那条路完全变了样，看不出是罗兰第一次教书时走了很多遍的那条路。路的旁边分布着很多新建成的小木屋，而且种植了很多谷物，旁边还有一些牲口在吃草。

草原上已没有白雪覆盖，现在是一幅生机勃勃的景象。和煦的南风温柔地吹着草地上的麦田，拂过马的鬃毛和尾巴，吹起盖在罗兰膝盖上的防尘布，吹动了罗兰那顶乳白色帽子上的鸵鸟毛。

罗兰马上用手按着鸵鸟毛，喊道："啊，不好，这些羽毛缝得不够牢固。"

"贝尔小姐到西部的时间不长，"阿曼乐说，"还不知道草原上的风有多么厉害。这些鸵鸟毛最好放在我口袋里，免得被风吹走。"

回到家的时候，已经到了吃晚餐的时间，所以阿曼乐留下来一起吃独立日的大餐。桌上有很多鸡肉派，还有一大罐用刚提来的清凉的井水调制的柠檬汁。

吃饭的时候，阿曼乐邀请卡琳跟他和罗兰一起去镇上看焰火。"这两匹马跑了这么远的路，应该会很乖的。"他说。妈说："如果罗兰想去的话就带她去好了，卡琳最好还是待在家里。"于是阿曼乐和罗兰一起去了。

他们把马停在了离人群很远的地方，以免踩踏到他人，然后坐在马车里，等着观看焰火。

最开始火光一闪，巴南就把前蹄竖了起来，斯理普也跳了起来。它们开始狂奔，马车像一阵风一样向前冲。阿曼乐抓着缰绳控制马车，让它们兜着圈子。"别担心！"阿曼乐说，"我能控制住它们，你只管看焰火好了。"

于是罗兰全神贯注地看着焰火。当焰火在天空中绽放的时候，阿曼乐就驾着车绕上一圈，等到下一个焰火盛开的时候，巴南和斯理普又站在焰火的正面。焰火放完了，阿曼乐送罗兰回家。罗兰说："幸亏我把羽毛交给你拿着了，不然，看焰火的时候，它们肯定会被弄丢的。刚才马在绕圈子的时候跑得真快。"

"它们还在我的口袋里吗？"

"但愿还在！"罗兰说，"如果还在的话，我要把它们重新缝到帽子上去。"

羽毛仍旧在他的口袋里。他们回到家的时候，阿曼乐把羽毛交给罗兰，说："我星期日来接你。这两匹马需要好好锻炼一下了。"

第二十九章
夏日风暴

那个星期非常闷热。星期日上午在教堂里，罗兰热得都快透不过气来了。窗外，热浪滚滚，连仅有的一点儿风也是热乎乎的。

礼拜结束的时候，阿曼乐在教堂门口等着接罗兰。他扶着罗兰上车，然后说："你妈让我去你们家吃午饭，吃了饭我们就驾着马车出去兜风吧？今天下午肯定会很热。"阿曼乐说完就跳上了马车。

"是啊，与其在家闷坐着，还不如驾车出来远行。希望今天是个好天气，不会来暴风。"罗兰笑着说，"这次我把帽子上的羽毛缝得可牢固了，随它刮什么风也不怕！"

吃过妈精心准备的午餐，罗兰和阿曼乐便出发了。他们驾着车朝着大草原驶去。骄阳似火，虽然他们放下了遮阳篷，但仍然热极了。迎面吹来的风一点儿也不凉爽，反而像是喷着一股股火苗似的。不一会儿，在西北方向出现了很多乌云，而那种闷热的程度也在加重。

"今天下午的天气很怪，我们还是回家去吧！"阿曼乐说。

"好的，我们赶紧往回走！"罗兰也催促道，"我讨厌这样的天气。"

就在阿曼乐掉转马头准备回家的时候，乌云已经变得越来越厚了。阿曼乐停下车，把缰绳交给罗兰。"你把缰绳抓好，我把遮阳篷放下来，马上就要下雨了。"

他飞快地跑到车后，解开了金属卡子，然后把车篷放下来固定好，再从马车两侧取出加长的挡雨棚，固定在马车的两侧，整个马车就被包起来了。接着他回到车上，这样一来，就算是下雨也不会淋在他们身上了。

接着阿曼乐从罗兰手中接过缰绳，催着马快快前进。"现在我们不怕下雨了！"

"是的。如果它非下不可的话，那就让它下吧，不过那时希望我已经到家了。"罗兰说。

马飞奔起来，但仍赶不上乌云积聚的速度。罗兰和阿曼乐都观察着乌云和随之而来的雨水——它们就在天边。在暴风雨来临之前，只能听到马奔跑和车轮压过地面的声音。

聚集的云层逐渐扩大开来，它们扭动着、挣扎着。这时，一道闪电刺破天空，可是空气还是很闷，没有一丝凉意。气压越来越低，闷热的程度也越发严重了。罗兰的刘海儿都湿透了，直直地趴在额头上，汗水顺着脸一直往下淌。

现在他们头顶上翻卷的乌云变成了令人生畏的绿色。云团不断聚拢，似乎马上就要触及地面了。而在一瞬间，它们又都迅速地爬升起来。

"这些云距离我们有多远呢？"罗兰问。

"大约有十英里吧。"阿曼乐回答。

他们朝西北方前进的时候，乌云也从西方北追逐而来。就算马跑得再快，仍然赶不上云层移动的速度。云层在草原上空不断翻滚，这辆小小的马车就像猫用爪子戏弄的老鼠一样脆弱。

云层快速移动，一阵强风袭来，差点儿把马车吹走。但是这一阵风随后就向西移去，并没有再追着他们。罗兰吓得浑身发抖，好不容易才回过神来。

"要是在家里的话，爸肯定会让我们躲到地窖里。"罗兰说，"真希望现在是在家里。"

"我觉得暴风来的时候，我们确实需要一个地窖，但是我还没有躲进去过。不过，要是再遇上刚才的情况，我也会躲进去。"

突然风向变了，从西南方向刮来一阵冷空气。

"冰雹！"阿曼乐说。

"没错！"罗兰说。显然，现在有某个地方已经下起了冰雹。

他们终于安全到家了。罗兰看见妈的脸色苍白，不过现在又为他们安全归来感到庆幸。爸说幸好他们及时决定返回。"我觉得这场暴风会带来很大的灾难。"他说。

"住在这儿，挖个地窖真是明智的做法。"阿曼乐说。他建议爸和他一起驾着马车外出，看看是否有人需要帮助。于是阿曼乐和爸驾着车出去了，罗兰留在了家里。

虽然风暴过去了，天空也放晴了，但是罗兰仍旧为他们担心。下午过去了，罗兰换上平时穿的衣服，和卡琳一起做起了家务。不一会儿，爸和阿曼乐也回来了，妈准备好了丰盛的晚餐，大家一边吃饭，一边听爸说在外面看到的情形。

有个居住在镇子南边的垦荒者刚好完成了给麦子脱粒的工作，眼看小麦丰收了，他心想这下可以还清所有的债务，还能把剩下的钱存进银行。他和打麦工人刚刚干完活儿，坐在一堆麦草上休息，暴风雨就过来了。

在这之前，他刚让两个儿子去把借来的篷车还给邻居。幸好，他及时躲进了地窖里。可是龙卷风卷走了他的庄稼、干草堆、收割机、马厩和房子，只留下一片光秃秃的土地。

那两个骑着骡子去还篷车的孩子也不见了。爸和阿曼乐到达那个地方的时候，他九岁的大儿子裸着身子刚刚回来。他说暴风袭来的时候，他和弟弟正要回家。狂风把他们俩卷起来而且越来越高。哥哥大声喊叫着，让弟弟紧紧抓住骡子和缰绳。空中全是旋转的秸秆，到处一片黑暗，他什么也看不见。这时有一股强大的力量拉了他一下，他就离开了骡子，失去了意识。等他醒来的时候，发现就剩下自己一个人孤零零地在空中飘浮。

男孩能够看到地面就在下面，他被一股力量托着旋转着慢慢下降。在距离地面不远的地方，男孩自己安全地跳到了地面上。他从空中掉下来的地方，离他父亲的放领地大约有一英里多，他身上的衣服不见了，就连他那双系着鞋带的长筒靴子也不见了，幸运的是他毫发未伤，这真是非常神秘。

邻居们四处搜寻着另外一个男孩和骡子，却毫无线索，他们都觉得孩子生还的希望很渺茫了。

"既然那一扇门都可以回来，就有可能发生奇迹。"阿曼乐说。

"什么门？"卡琳惊讶地问。

这是爸和阿曼乐那天遇见的最离奇的一件事，发生在另一家。当然，他家放领上的东西也被刮得一干二净。当他和家人从地窖里走出来时，发现牛、牲口、工具、他们饲养的鸡……所有东西都不翼而飞了。现在他们除了身上的衣服以外，只剩下一个他妻子在匆忙中抓起的为孩子保暖的垫子。

这个人对爸说："我算是很幸运的，庄稼一点儿也没遭受损失。"原来，他们春天才搬到放领地上来，所以他只在田里种了一点儿土豆。

那天下午，太阳快要落山了，爸和阿曼乐在寻找那个失踪的孩子返回来的路上，又在这户人家里待了一会儿。这家人正在收集被暴风刮下来的一些木板，他们要估算还需要多少木板，才能搭建起一个小屋。

正当他们谈论着盖房子时候，一个孩子发现空中有一个小黑点，它看起来不像是鸟，正变得越来越大。过了一会儿，那个东西掉落下来，他们这才看清是一扇门。原来是这家人原来的那扇门！

门板完好无损，甚至连一道刮痕也没有。在长达几个小时的时间里，这扇门究竟跑到哪儿去了呢？而且正好回到了这家人的家门口。

"我从来没见过一个男人可以这么快就振奋起来。"爸说，"这样一来他就用不着去买门了，也不需要买新的门框了，因为它们是连在一起回来的。"

真让人不可思议，在他们毕生的经历当中没有发生过这样的事情。想象这扇门到底去过多远多高的地方，确实让人心生敬畏。

"这真是一个神奇地方，"爸说，"总有一些怪事发生。"

"是啊。"妈说，"谢天谢地，这些怪事没落在我们头上。"

下一个星期爸到镇上去，听人说那个男孩子和骡子的尸体隔天就找到了。他们的骨头都碎了，那孩子身上的衣服和骡子的鞍也不见了，连一点儿碎片都没找到。

第三十章
小山丘上的落日

这个星期日罗兰没有坐马车出去玩，因为这是玛丽在家的最后一天，明天她就要回学校去了。

吃早饭的时候天气已经非常闷热了，妈说她不去教堂了。卡琳和格蕾丝跟妈留在家里，罗兰和玛丽坐着爸的篷车去教堂。

她们从卧室里走出来的时候，爸已经等在门前了。

罗兰穿上了那件粉色的点缀着花朵图案的洋装，戴着乳白色的帽子。玛丽身着一身蓝底白碎花的洋装，戴了一顶用白色麦秆做成的帽子，上面绑着一根蓝色的丝带。帽檐下面露出玛丽浓密的金发，蓝色的眼睛上面有一撮金色的刘海儿，上面绑着一根蓝色的丝带。

爸仔细地端详着她们，眼睛里闪烁着喜悦的光芒，然后用骄傲的语气说："噢，卡洛琳，我这么邋遢，和这样两位年轻漂亮的淑女简直不相称！"

爸其实打扮得十分体面。他穿着黑色的西装，配着白色衬衫和深蓝色的领带。

篷车已准备就绪。爸在换衣服前已经给马精心地梳理了一番，并

且在车厢上铺了干净的毛毯。马等得都有些瞌睡了。爸牵着玛丽和罗兰上车。她们在腿上盖上防尘布，罗兰把毛毯的边缘塞好。然后，他们就在这样炎热的天气里向教堂驶去。

那天早上，教堂十分拥挤。他们没法找到三个紧挨着的座位，于是爸便走到前面跟那些年长的信徒坐在特别的位置上，玛丽和罗兰坐在教堂靠中央的地方。

布朗牧师正在布道。罗兰心想，今天希望他可以讲一些有趣的事情。这时，她看见一只小猫在过道上扑来扑去，玩得可高兴了。随后小猫跳到了讲台上，弓起背，用肚皮在讲坛上摩擦着。然后它睁大眼睛看着教堂里的人，"喵"的一声就跑了下去。

这时候，又有一只小狗狗走过罗兰身边的通道，它是一只黑褐色相间的狗，腿部细长。它慢悠悠地往前走着，似乎很喜欢在教堂里面散步。突然它发现了小猫，便汪汪汪地叫着扑了过去。

小猫拱起背，尾巴也竖得老高，一转眼就溜走了。

小猫就这样瞬间消失了！小狗没有追上去，而是静静地待在原地。这时布朗牧师继续布道。罗兰还没来得及想明白，突然觉得自己裙子的内撑有些晃动，低头一看，那只小猫的尾巴还在她裙子外面露着呢！

小猫开始沿着内撑往上爬，一根铁丝接着一根铁丝。罗兰差点儿笑出来，但极力忍住了。那只小狗正在四处寻找。它四处闻了好一阵，很不情愿地离开了。

罗兰想，要是小狗发现了小猫会怎么样呢？想到这里，她又差点儿笑出来。因为一直要憋着笑，她的身体也不由自主地颤抖起来。

玛丽不知道罗兰为什么笑，于是用手轻轻地碰了碰罗兰，说："规矩一点儿。"不过，听玛丽这么一说，罗兰抖得更厉害了，她想自己的脸肯定变成了紫色。

那只小猫在裙子内撑里不停地动。一会儿，小猫长着胡须的鼻子和眼睛就露了出来。它见小狗已经不在了，就一下子跳出来，然后飞快地逃走了。罗兰一直仔细听着，没有听到小狗的叫声。

回家的路上，玛丽严肃地说："罗兰，你的举动真让我吃惊。难道你就不能在教堂里注意让自己的言行举止端庄一些吗？"

罗兰笑得前仰后合，眼泪都笑出来了。玛丽在一边露出不悦的神色。爸则好奇地打听究竟发生了什么事。

"好了，玛丽，我永远都不会守规矩的。"罗兰擦擦眼睛说道，"你还是别管我了。"接着她把发生的事情讲给他们听，就连玛丽也忍不住笑了起来。

星期日下午，全家人聚在一起聊天，真是让人享受。傍晚时分，玛丽和罗兰到小山丘看落日，这是她们最后一次散步了。

"只有和你在一起，我才见得到如此美的景致。"玛丽说，"不过等我下次回家时，你已经不在家了。"

"你可以到我家里去啊，"罗兰说，"这样你就有两个家可以玩了！"

"可是这些日落时的景象……"玛丽正要接着往下说，罗兰打断她说："在阿曼乐的放领地上也会有这样的夕阳，我也希望这样。那边虽然没有小山丘，但是有很大一片树林。我们可以到树林里散步，你也可以感受其他的景致。树林里有白杨树、枫树和柳树，如果这些树都能成活的话，那将是一片美丽的树林。这些树和爸在屋子四周种的防风林有所不同，那是一片真正的森林。"

"草原上长出树林，一定有些奇怪吧。"玛丽说。

"一切都会发生改变的。"罗兰说。

"是啊。"她们都沉默了。过了一会儿，玛丽说："我多么希望能参加你的婚礼。你能否把婚礼推迟到明年六月举行？"

罗兰说："不能了，玛丽。我已经十八岁了，而且教了三学期的课程，比妈还多教一个学期呢，我不想再教书了。我想今年冬天待在我自己的家里。婚礼只是一个仪式而已，我也不愿意让爸妈为我花钱。等到明年你回来的时候，我们在自己家里接待你。"

"罗兰，"玛丽说，"那架风琴的事情我很抱歉。要是我知道……不过我的确想到布兰琪家里去看看，而且那里离学校很近，可以省下爸给我买火车票的钱。我根本没想到家里会发生这么多变化。我一直觉得家永远在这儿，我随时都可以回来。"

"你说得没错，玛丽。"罗兰说，"不要为风琴的事而愧疚，你只需记住在布兰琪家度过的美好时光就可以了。我感到非常高兴，妈也一样，她当时就是这样说的。"

"真的？"玛丽脸上漾起了笑容。罗兰告诉玛丽，妈说玛丽应该趁年轻的时候多出去玩玩，留下一些美好的记忆。

太阳渐渐西沉，罗兰给玛丽描绘着夕阳瞬息万变的美景。夕阳从耀眼的红色变成橙红色，逐渐蜕变成了玫瑰色、灰色。

"我们回家吧。"玛丽说，"我能感觉到天色已经晚了。"

她们手拉着手，面向西方站了一会儿，然后缓缓走下小山丘。

"时间过得真快呀。"玛丽说，"你还记得那年漫长的冬天吗？好像夏天永远也不会到来似的。然而到了夏天，我们又觉得冬天已经那么遥远，甚至记不起来它是什么模样。"

"是啊！我们小时候是多么快乐啊。"罗兰说，"不过，未来的日子也一定会更加美好。一切都还是未知的。"

第三十一章
筹备婚礼

　　玛丽一走，屋子一下子冷清了许多。第二天早上，妈说："现在我们动手做你的衣服吧，罗兰。手里有活儿忙着，心情就会愉快。"

　　罗兰拿来买好的布料，妈着手开始剪裁。不久之后，客厅里就传出缝纫机的声音。罗兰和妈一起开心地缝着衣服。

　　"我想到一个做床单的好主意。"罗兰说，"不用手工一针一针地缝制中间的接缝，而是把布料裁成两块重叠摆放，然后用缝纫机把四周缝起来，这样会更平整，而且比较容易在床上铺平。"

　　"这个主意不错啊。"妈说，"我们的老祖母们在坟墓里如果听到你的话，一定要反对呢。但是，时代毕竟不同了啊。"

　　所有的白布很快用缝纫机锁好了边。罗兰把她那些用钩针织成的花边拿出来，快速移动着缝衣针。不一会儿，那些枕套的花边、睡衣的领口和袖口就做好了。妈和罗兰一边忙着做床上用品，一边商量起罗兰的衣服来。

　　"我那件棕色的套装还像新的一样，还有那件粉色洋装，我用不着再做衣服了。"

"你还需要一件黑色裙子。"妈坚决地说,"每个女人都应该有一件漂亮的黑裙子。我们星期六到镇上把衣料买回来。我想,就买细软羊毛料子吧。穿起来很舒适,除了夏天最热那几天之外,其他时候都可以穿。做好这一件之后,你还需要一件结婚的礼服。"

"时间还早呢。"罗兰说。阿曼乐一直在忙着建房子。有个星期日,他带罗兰和妈妈去看了看房子的框架。这栋房子在一片小树苗后面,离路边不远。阿曼乐打算建三个房间,起居室、卧室和储藏室,后门还有一间耳房。那次之后,罗兰就再没去看过房子。

"一切都交给我好了。"阿曼乐说,"我保证在下雪前把屋顶盖好。"

于是,每个星期日他们都会驾车去双子湖或者更远的地方玩耍。

星期一早晨,妈轻轻地摊开新买的衣料,小心地将剪好的纸板固定在布料上,拿起剪刀剪裁,这样才不会浪费料子。吃过午饭,妈在缝纫机上装好黑色的线,开始缝制。

一直到黄昏来临之前,缝纫机响个不停。妈把衬里缝在黑色的细软羊毛上,罗兰也在忙着一起缝制。等到她抬起头时,刚好看见阿曼乐驾着车朝她家这边赶过来。难道出什么事了?罗兰心想,要不然他不会在星期一赶来的。她急忙站起身来去开门,阿曼乐说:"你到车上来一下,我有事要和你商量。"

罗兰戴上遮阳帽,跟着他出了门。

"出什么事了?"当巴南和斯理普跑起来之后,她问。

"是这样的,"阿曼乐说,"我想问问你,你想举办一场隆重的婚礼吗?"

罗兰感到十分吃惊,盯着他的脸。这个问题可以在星期日见面的时候问啊,为什么非得在这个时候跑来问?

"你为什么现在问我这个?"

"如果你不想举行一场盛大的婚礼，那么，你愿不愿意在这个星期六或下个星期一跟我结婚？"他十分焦急地问道，"你来得及准备吗？你先别回答我，让我把这其中的原因讲给你听了再回答。"

原来去年冬天阿曼乐回家时，他的姐姐建议他去教堂举行盛大的婚礼。他说不需要，所以没有同意。可是今天早上，他的姐姐来信表示必须这样做，而且会带着他的妈妈来参加婚礼。

"天哪！"罗兰说。

"你是知道伊丽莎的。"阿曼乐说，"她很强势，而且喜欢管别人的事。如果只是她一个人，我还可以应付，但是她这次居然叫上了我妈妈。要是她们在我结婚之前赶到这我们还没有结婚，那我无法拒绝她办一场盛大的婚礼。我不想大操大办，我负担不起这笔费用。你说呢？"

他们沉默了一会儿，罗兰说："爸也负担不起那样的婚礼。不过我需要一些时间来准备结婚用的东西。如果我们匆匆忙忙就结婚，我恐怕连一件结婚礼服也没有。"

"就穿你身上的这件衣服吧，挺漂亮的。"阿曼乐说。

罗兰忍不住笑了。"这是粗布做的家常便服，我怎么能穿这个结婚啊！不过，妈和我现在正在缝制的这件衣服倒是可以穿。"

"那么，我们就在这个星期的最后一天举行婚礼怎么样？"

罗兰又沉默了，过了一会儿，她说："阿曼乐，我必须问你一件事。你会让我在念结婚誓言的时候说'永远服从丈夫'吗？"

阿曼乐神情严肃地回答："当然不会。我不希望你那样做。我知道结婚誓言当中有这一句，但是那也只是说说而已，我从未见过谁真正做到这一点，我相信任何一个正直的男人都不会要求他妻子这么做的。"

"嗯，那我在宣誓的时候就不说那句'我会服从丈夫'了。"罗兰说。

"你和伊丽莎一样是女权运动的支持者？"阿曼乐感到十分意外。

"不是！"罗兰说，"我并不支持女权运动。只是不想许下一个自己不能实现的诺言。而且，我不会违背自己的意愿去盲从任何人。"

"我不需要你变成那样的人。关于婚礼上的誓言没什么担心的，因为布朗牧师也说过，在婚礼上妻子不一定要说出那句'我会服从丈夫'。"

"他真这样说？你确定？"罗兰从未感到如此惊讶和欣喜。

"布朗牧师对这件事情的立场十分坚定。我曾听见他和保罗牧师为了这个事情讨论了好几个小时呢。并且他还引用了反对使徒保罗的圣句。你知道，布朗牧师是堪萨斯州约翰·布朗的堂兄，和他品性也十分相似。现在你同意这周末或者下周一举行婚礼了吗？"

"如果只有这样才能逃过举行盛大的婚礼，我会在这个时间之内准备好，日子由你来定。"

"如果我能把房子盖好，那就定在星期六吧。"阿曼乐考虑了一会儿说，"如果我没有建好，那我们就改在星期一。等咱们准备好，我们就驾马车到布朗牧师那儿去，安静地结婚。我现在就送你回家，今天晚上我还可以抽出一点儿时间盖房子。"

回到家后，罗兰犹豫要不要告诉妈他们的决定。她觉得妈一定会认为这样仓促结婚不体面。妈可能会说："仓促结婚，后悔莫及。"事实上，他们算不上是仓促结婚，他们认识已经有三年了。

直到吃晚饭的时候，罗兰才鼓足勇气说出她和阿曼乐打算提前结婚。

"我们会来不及给你做结婚礼服的。"妈不赞成。

"我们可以赶着把那件黑色细软羊毛布料的衣裙做好，穿着它结婚就行了！"

"我可不愿意你穿黑色衣服结婚，俗话说：'结婚穿黑衣，诸事不吉利。'"

"可衣服是新的啊，我到时候会戴上缝着蓝色衬里的帽子，然后再借用一下您的草莓形别针。这样我穿戴的衣物有新有旧，有金色、绿色和蓝色，很吉利呀！"罗兰十分开心地说。

"我也不认为这些老话都是正确的。"妈同意了。

"我觉得你们这样做十分明智，你和阿曼乐的决定很正确。"爸说。

但妈还是不大满意，她说："把布朗牧师请到家里来吧，这样你们就可以在家里结婚了，罗兰。我们可以在家里给你们举办一个温馨的婚礼。"

"不用了，妈。不管采用哪一种婚礼形式，我们都得等着阿曼乐的妈妈到了才行。"

"罗兰说得没错，我想你也是这么想的吧，卡洛琳？"爸说。

"好吧，我也同意。"妈终于让步了。

第三十二章
婚礼进行曲

卡琳和格蕾丝都十分勤快，主动揽下一切家务活儿，这样就可以让妈和罗兰腾出更多时间准备婚礼要用的衣服。

裙子的紧身上衣前后衣摆都是三角形的，衬里是黑色细棉布做的，每一个接缝处都缝着鲸鱼骨。肩部微微高出，袖口处收紧。衣服的前半片胸部和胳膊的连接处打了很多褶皱，看上去极其优雅。裙子正面还有一排黑色的圆扣子。裙子长及地面，但是腰部收得很紧，裙摆和内衬的毛边位置，罗兰手工缝了饰带在上面，这样就几乎看不到针脚了。

那个星期日，他们没有驾车出游。阿曼乐穿着干活儿的衣服来待了一会儿，为了盖房子他不得不违反了安息日的规定。他说房子在星期三就会盖好，所以他们可以在星期四结婚。他星期四上午十点来接罗兰，因为布朗先生要赶上午十一点的火车离开小镇。

"如果抽得出时间的话，你就在星期三先把罗兰的东西搬过去。"爸对阿曼乐说。阿曼乐说他到时候一定会来。阿曼乐冲着罗兰笑了笑，便匆匆驾着车走了。

星期二早晨，爸驾着车去了镇上，中午回来的时候给罗兰带回了一个新的皮箱作礼物。"今天赶紧把你的东西整理一下放进去。"爸说。那天下午，在妈的帮助下，罗兰把衣物整整齐齐地装进箱子里。

罗兰把她的旧布娃娃夏洛蒂、自己的一些衣物都放入纸袋，然后装在皮箱的最底层。然后是一些冬天的衣服，还有床单、枕套、毛巾、白色内衣裤、印花布衣裙以及她那件棕色衣裙。她把那件粉色的洋装放在了最上面，免得被压皱了。那顶有鸵鸟羽毛的新帽子放在衣箱的帽盒里。编织针、钩针和卷好的毛线团，放在箱子的夹层里。

卡琳把罗兰的玻璃盒子拿下来，说："我知道你还想要这个呢。"

罗兰拿着盒子，有点儿左右为难。"我不想把这个盒子从玛丽的玻璃盒子旁边拿走。它们不应该分开的。"

"你瞧，我把我的盒子放在玛丽的盒子旁边了。"卡琳指着架子对罗兰说，"它一点儿不孤单。"于是，罗兰便把她的玻璃盒子小心地放进了皮箱里，放在柔软的衣物上。

装好东西之后，罗兰盖上了箱盖。妈在床上铺开一条干净的旧床单。"你还应该把你的棉被带走。"妈说。

罗兰的被子上面还有鸽子站在窗前的图案呢，是她小时候自己拼接成的。当时玛丽也自己做了一条被子。从那天起，罗兰一直对这条被子特别珍爱。妈把被子折好，又拿过来两个蓬松的大枕头。

"你带上这些东西吧，罗兰。"妈说，"记不记得你爸有一年在银湖猎了很多野雁，这些羽毛就是你帮我收集的，我特意为你收起来了。这条红白格子的台布跟咱们家的台布一模一样，你把它铺在你们家的桌上，你就会更有家的感觉。"妈说着把用包装纸包着的桌布放在枕头上，然后将旧床单的对角拉起来，绑成一个大包袱。"好了，这样就不会沾上灰尘了。"她说。

第二天早晨阿曼乐驾着巴南和斯理普过来了。他和爸把衣箱和包裹搬进篷车里。爸说："稍等，我一会儿就回来。"

不一会儿，爸从屋子的转角处走了出来，手里牵着罗兰最喜爱的那头小奶牛。它长得很像一头小鹿，浑身呈浅黄色，非常温驯。爸默默地把小奶牛拴在马车后面，然后将缰绳递给罗兰。

"爸！"罗兰吃惊地问道，"你真让我把小黄带走？"

"是啊！"爸说，"这头小牛是你养大的，如果你不带走的话，我会过意不去的。"

罗兰激动得说不出话来，只能用感激的眼神看着爸。

"你觉得把小牛拴在这两匹马后面安全吗？"妈有点儿担心。阿曼乐让妈放心，然后对爸送的礼物表达了感激之情。

接着，阿曼乐转身对罗兰说："我明天上午十点钟来接你。"

"我会准备好的。"罗兰。她目送着阿曼乐远去的身影，还是不能相信，自己明天就要离开家了。尽管罗兰在心里告诉自己，单身的日子一去不复返，但是她还是不敢相信这个事实。

那天下午，罗兰把刚做好的黑色套装小心地熨好。妈烤制了一个白色的大蛋糕。罗兰打蛋白的时候一直心不在焉，一直打到妈说"可以了"才停下来。

"这个蛋糕一定要做好。"妈一边烤蛋糕一边说，"如果你不能在家里举行一场婚礼，至少可以吃一顿丰盛的大餐，还有好吃的蛋糕。"

那天晚上吃过晚饭，罗兰把爸的小提琴拿过来，对爸说："爸，拜托您为我拉首曲子吧。"

爸从琴盒里取出小提琴，花了很长时间来调音，然后仔细地给弓弦抹上松脂。他清了清嗓子，问："想听什么呢，罗兰？"

"我要听《玛丽之歌》，还有那些我们熟悉的歌曲，我每一首都想听。"

她坐在门前，在这儿可以看到大草原上的景致。爸先演奏了《玛丽之歌》，然后一首接一首地唱起了那些大家都很熟悉的民谣。

太阳渐渐落下去了，天空还留着一些光亮。渐渐地，所有的光线和色彩都消退了，黑夜的影子渐渐袭来，第一颗星星出现在了夜空。卡琳和格蕾丝依偎在妈的身旁。在苍茫的夜色中，琴声如泣如诉。

爸演奏了罗兰在威斯康星大森林里听过的那些歌，还有他们在堪萨斯旅行的时候，爸在篝火旁边演奏的曲子，琴声让大家回想起了梅溪边的小屋和在那里度过的许多美好夜晚……

这时，爸那深沉的嗓音随着琴声唱了起来：

那些逝去的流金岁月，
在夜色笼罩大地的时候，
让人想起的那首甜蜜的心灵之歌，
飘进斑斓的梦境，
犹如沉沉夜色中光芒一现，
飘进我们的梦里。

暮色中的月光迷离，
云影轻轻地随风摇曳，
我独自浅吟低唱，
心已疲惫，岁月忧伤漫长，
但在暮色笼罩大地的时候，
这首老歌依然在我们耳边飘荡。

那首古老而充满爱的歌曲啊，

虽然时过境迁，

但在我心中不曾消退，

当我白发苍苍之时，

我依然能听见那首歌。

虽然形单影只，

但这首歌在我心中永远回响，

这是一首爱之歌！

第三十三章
新婚之家

阿曼乐驾着车赶来的时候，罗兰已经准备好了。她穿着崭新的黑色细软羊毛衣裙，戴着有蓝色衬里的帽子，蓝色的丝带从她左耳边垂下。当她走动时，就会露出黑色的鞋尖。

妈把她的方形金色胸针别在罗兰衣领的花边上。"好了！"妈说，"虽然衣服是黑色的，可你看上去漂亮极了。"

爸的声音有点儿沙哑。他说："嗯，的确很漂亮，小丫头。"

卡琳送给罗兰一块镶着花边的白手帕，正好与罗兰衣领上的花边很相配。"这是我特意为你做的。罗兰，你穿着黑裙子，再拿着这条白手帕，特别好看。"卡琳说。

格蕾丝只是默默站在旁边看着这一切。不一会儿，阿曼乐来了，一家人都站在门前，目送着罗兰和阿曼乐离去。

在马车上，罗兰问阿曼乐："布朗牧师知道我们要去吗？"

阿曼乐回答："我在来的路上遇见他了。他说在宣誓的时候可以不说那句'我会服从丈夫'。"

布朗太太给他们开了门。她显得有点儿紧张，说马上去叫布朗牧师出来，请他们坐在客厅里稍等片刻，说着就进了卧室，关上了门。

罗兰和阿曼乐坐在那儿静静地等待。客厅中央摆着一张大理石桌子，桌子底下放着用碎布条做成的地毯。墙上挂着一幅油画，画中一个女子紧紧地抓住岩石上的白色十字架，她的头上雷电交加，海浪在四周翻滚。

另一间卧室的门打开了，艾达轻轻地走进来，坐在了门旁边的椅子上。她向罗兰怯怯地笑了一下，然后低下头一直摆弄手帕。一个个子很高的年轻男子从厨房里出来，坐在客厅的椅子上。罗兰想，这应该就是埃尔默了。这时，布朗牧师一边穿上外套一边走出卧室。

布朗牧师整了整自己的衣服，然后把罗兰和阿曼乐叫到他的面前。

就这样，他们结为了夫妻。

布朗牧师、布朗太太和埃尔默跟他们握手表示祝贺。阿曼乐把十美元交给布朗牧师。布朗牧师打开钞票看了看，他没想到阿曼乐给了他整整十美元。艾达捏了捏罗兰的手，欲言又止。她飞快地亲吻了罗兰一下，将一个小包塞进罗兰手里，就跑出了房间。

罗兰和阿曼乐从布朗牧师家走出来，又沐浴在阳光和风中。他们驾着马车回到家里。这时，午餐已经准备好了。妈和卡琳将桌子搬到起居室，摆在客厅中间。餐桌上铺着雅致的白桌布，摆放着精美的碗盘，餐桌中间放着汤匙和闪亮的刀叉。

罗兰羞涩地站在门边，卡琳问："你手里拿的是什么啊？"

罗兰低头一看，她手里拿着卡琳送给她的手帕，还有艾达送给她的那个小包裹。

她打开小包裹，原来是一条漂亮的织花披巾，是用白色的丝带编织而成，上面有花朵和叶子的图案。

"这条丝巾你可以用一辈子，罗兰。"妈说。罗兰决定要好好珍藏艾达送给她的这份结婚礼物。

阿曼乐拴好马从马厩回来，他们一起坐下来享用着这顿午餐。

妈做的午餐美味可口，可是罗兰却食不知味，就连婚礼蛋糕吃在嘴里也味同嚼蜡。因为她现在终于明白她就要离开这个家了，一家人不能在一起生活了，这一餐就等于跟家人的告别。罗兰实在不想离开。最后还是阿曼乐提出该走了。

阿曼乐把马车赶到门前，罗兰走了出去。她同大家一一亲吻告别。就在阿曼乐等着扶罗兰上马车的时候，爸说："从今往后，要由你来扶她了，但是这一次，还是让我来吧！"爸说着，扶着罗兰坐上马车。

妈拿来一只盖着白布的篮子。"这些东西留着你们晚餐吃。"她的嘴唇颤抖着，"经常回家来看看，罗兰。"

格蕾丝拿着罗兰的遮阳帽跑了过来。"你忘了这个！"她大声说着。阿曼乐勒住缰绳，罗兰接过帽子。"罗兰，记得戴帽子！妈说，如果你不戴帽子，你会晒得像印第安人一样黑！"格蕾丝追着马车喊道。

大家都开心地笑了，罗兰和阿曼乐在笑声中驾车离开了家。

这对新婚夫妇走上了那条熟悉的路。一路上越过大沼泽，绕过皮尔森的饲料店，驶过主干道，穿过铁路，朝他们的新房子驶去。

他们一路都没说话，快到家的时候，罗兰看到了拉车的马，吃惊地叫道："哎呀，你今天驾的是王子和贵妃啊！"

"王子和贵妃是我们爱情的见证啊，"阿曼乐说，"所以我认为这次应该让它们迎接你来到新家。到了！"篷车在屋前的小树林里碾出了美丽的呈弧线的车辙印。

新家就在眼前。木板上刷着柔和的灰色油漆。前门位于房子正中央，门的两边各开着一扇窗子，这样屋子的正面看起来就像一个大大的笑脸。门外的台阶上趴着一只牧羊犬，马车停下来的时候，它走过来热情地对着马车摇尾巴。

"嗨，希普！"阿曼乐喊道。他扶着罗兰下车，打开了房门。"你先进去，我去把马安顿好。"

罗兰没有急于进去，站在门口看着。这间屋子宽敞明亮，墙壁漆成了白色，房间那头放着一张可以折叠的桌子，桌上铺着妈送的红白格子桌布，桌子两端各摆放着一把椅子。椅子旁边有一扇关闭的门。

在罗兰视线的左边是一扇朝南的窗户，现在阳光正从那儿射进来。窗边有两把并排放置的摇椅，充满了生活气息。在摇椅的旁边还放着一张小圆桌，桌上方吊着一盏玻璃灯。罗兰想，晚上阿曼乐可以坐在这儿看报，她可以坐在另外一把摇椅上织毛衣。

和大门同侧的窗子也有阳光照射进来，一些都显得那么舒适。罗兰看到墙壁一侧有两扇紧关着的门，罗兰打开靠近她的这一间，原来是一间卧室。她那床鸽子图案的被子铺在了宽大的床上，床头放着两个蓬松的羽毛枕头。床尾摆着一个比罗兰还高的架子，上面垂下一道印花的帘子。卧室前面的窗户下，靠墙放着罗兰的皮箱。

罗兰又环视了一遍，然后取下遮阳帽，放在一边。她打开皮箱，把印花布衣服和围裙拿出来。然后脱下黑色的礼服，穿上便服，系上围裙，回到客厅里。这时，阿曼乐从房子的后门走了进来。

"看你这个样子，已经准备做家务了！"他满心欢喜地说，把妈给的篮子交给罗兰。他走进卧室里换衣服，并对罗兰说："妈说这篮子里的东西要及时拿出来。"

罗兰站在门边向外面看去，阿曼乐单身时候住的屋子就在那里。里面放着炉灶，墙上挂着水壶和煎锅，而且也有一个后门，可以看到小树林后面的马厩。

罗兰回到厨房，拎着装食物的篮子，打开那扇关着的门。她以为这一定是食物储藏室，不过等到她打开门以后，所看到的东西让她惊呆了！储藏室的一面墙上安放着一列精美的橱柜，在一扇大窗户下面还有储物架。

她把篮子放在架子上，掀开白布。里面装着一个妈做的面包，一团黄油，还有婚礼蛋糕。她把东西放在木架上，然后仔细打量着储藏室。

橱柜占了整整一面墙，从半墙高一直伸到天花板处。最上层没有放东西，最下面的一层放了一盏玻璃煤油灯，还有阿曼乐单身时用的碗盘和牛奶锅。在靠窗户边的操作台角落里，并排放着装调味料的罐子。

在架子下有一排抽屉。调味料罐的下面还有两个扁扁的抽屉，一个装满了白糖，另一个装满了红糖。这一切都方便极了。再下面的一个比较深的抽屉里放满了面粉，还有一些玉米粉放在小抽屉里。罗兰可以站在这些架子前毫不费力地取到任何调味料和食材。抬起头，她就可以看见窗外的蓝天和绿叶婆娑的小树林。

还有一个抽屉放了毛巾和抹布，另一个抽屉可以放置餐巾和台布。还有专门放刀叉和汤匙的抽屉。下面的抽屉里放着制造奶酪用的容器和搅拌器。至于剩下的空间可以留着放置以后添加的日用品。

最底下的抽屉里放着一点儿面包的外皮，还有半个派。罗兰把妈做的面包和结婚蛋糕也放在里面。她切下一小块黄油，放在盘子里，摆在面包的侧面，然后关上抽屉。

罗兰把多余的黄油放进地窖。这时，她的头顶上传来了脚步声，等到她回到房间时，就听见阿曼乐在喊她。

"我还以为你在房子里迷路了呢！"他说。

"我把黄油放进地窖，里面阴凉些。"

"你喜不喜欢那间储藏室？"阿曼乐这一问，罗兰才想到他肯定为了那些架子和抽屉费了很大的功夫。

"喜欢！"她说。

"那我带你去看看贵妃生下的小马吧，再看一下爸送给我们的小牛。现在它还拴在外面吃草呢，就在离我们的小树林不远的地方。"阿曼乐带着罗兰穿过后门去马厩。

他们一起看了看长长的马厩和后面的院子。阿曼乐还带她去看了看堆在北边的麦秆。冬天这些麦秆可以挡住寒风的入侵，保护小屋和马厩。罗兰抚摸了贵妃生的小马，而希普紧紧地跟在他们身后。他们还去小树林里欣赏了那些小枫树、柳树和白杨树。

下午的时间一眨眼就过去了。

"不用生火了。"阿曼乐说，"你把面包和黄油拿出来，我去挤奶。我们晚餐就吃面包，喝新鲜牛奶。"

"还有蛋糕呢。"罗兰补充道。

吃过晚饭，罗兰洗好了盘子，两个人便坐在门口的台阶上，一起

迎接夜幕降临。罗兰听见王子在呼呼地喷着气，看到自己喜欢的那头小母牛躺在草地上反刍。希普乖乖地趴在他们脚下，它已经把罗兰当成这儿的主人了。

罗兰的幸福感油然而生。她感觉自己没有那么想家了。这里离家很近，想回去的话就可以回去。如今，她和阿曼乐住在他们的小房子里，将携手建设一个属于他们的新家。现在所看到的一切都是属于他们的，他们的马，他们的牛，他们的放领地，他们的小树林。在微风中，树叶沙沙作响。

夜幕慢慢降临，星星出来了，一轮新月升上夜空，皎洁的月光洒在草原上。微风吹过大地，夜色静谧，月光如水，温柔地洒满大地。

"多美的夜晚啊。"阿曼乐说。

"真是一个如梦如幻的世界。"罗兰感叹道。此时此刻，她仿佛听到爸在拉着琴唱着歌：

那些金色的年代流逝了，

快乐幸福的金色年代啊。